知更鸟之歌

我与哈珀·李的友谊

[美] 韦恩·弗林特（Wayne Flynt）/ 著
吕　阳 / 译

Mockingbird Songs

My Friendship with Harper Lee

中国人民大学出版社
·北京·

致爱丽丝、路易丝、内尔和达蒂

正宗的亚拉巴马州钢木兰们

一歌唱变另一调，
只因流落而歌唱。
旧槽流水呈新曲，
落笔文字成书稿，
或把可能变现实，
不管结果好与坏，
磨倦心灵获重生。

——温德尔·拜瑞，《营支书》，
选自《离开：诗集》

序　言

1993年春，天气清爽，不久前我刚刚收到内尔·哈珀·李的第一封来信，这一天，我正在打理我的玫瑰园，忽然听到一只雄性北方知更鸟在鸣叫。我朝它望去，看见一只花斑猫爬到了一棵细干松树上，那棵松树大概有十英尺[①]高，可以看到树枝上还有一个小小的鸟巢和几只雏鸟。旁边的枫香树枝干上栖息着一只知更鸟，正对着花斑猫不停地鸣叫警示，试图保卫自己的家园。不一会儿，花斑猫停在那不动了，在不远处的威胁与近在咫尺的美味食物之间犹豫。突然，知更鸟俯冲向下，直奔花斑猫的头，花斑猫立即伸出爪子进行反抗。知更鸟盘旋回它的栖息处，重新鸣叫起来。花斑猫继续向上攀爬，知更鸟再次俯冲下来，这次攻击的是花斑猫的屁股。我已经被此时的僵局完全地吸引了，于是我放下手中的工具，开始静静地凝望。

① 1英尺约合0.305米。——译注

几分钟的躲闪和突袭、进攻与僵持之后，花斑猫意识到，虽然胜利在望，但却不值得去冒生命危险。可怜的花斑猫决定撤退，可一不小心失去了落脚点。半个身子摔落到了地上，一块树皮掉下来砸到它的头和后背。知更鸟毫不留情地继续攻击它，花斑猫努力恢复平衡，获得喘息后，花斑猫跑进我的院子寻找避难所。显然胜利的知更鸟把我当成了花斑猫的帮凶，朝着我的头俯冲而下，我不得不退到车库里。这场迷你闹剧结束了，知更鸟回到了它栖息的枫香树上，唱着胜利的歌谣。

起初，知更鸟出现在北美两岸地区，包括加拿大，但从 19 世纪后期到 20 世纪初，知更鸟美妙与多变的歌声不仅吸引来了伴侣，还吸引来了猎人。因此许多知更鸟被捕获并作为宠物出售，它们的北方边缘地带种类变得越来越少。在所谓的“笼鸟贸易”结束后，此物种得以恢复并再次向北推进。虽然鸟类学家还不了解知更鸟的迁徙模式，但他们证实了有些知更鸟在秋天向南迁徙，有些知更鸟则喜欢占领北方的边缘地带。

本书在关键部分阐释了哈珀·李以这迷人的鸟类给自己的著作命名的原因。阿提克斯·芬奇告诉他女儿：“杀死知更鸟是一种罪过。”莫迪女士这样解释：“知更鸟既不祸害别人的花园，也不在玉米仓里筑巢，它们只是忠心地为我们唱歌。这就是为什么说杀死一只知更鸟就是一种罪过。”

内尔·哈珀·李在许多方面都很像莫迪女士描述的知更鸟：知更鸟复杂而独立，她也是；知更鸟勇敢地保护自己和家人免受伤害，她也是；知更鸟拥有动人优美的歌声，她也是。

也正因为这个原因，内尔的大部分人生都在躲避那些想捕捉并用笼子困住她的人。我尊重并敬佩她的热情与投入，她用自己想用的方式唱着想唱的歌。

目　录

简介

如何按照时间顺序记述友谊？如何记忆是非曲折、偶然相遇、意外事件、共同兴趣爱好？一段关系如何从“亲爱的弗林特先生”“亲爱的李女士”到“亲爱的韦恩”“亲爱的内尔”，到“亲爱的教授”“亲爱的著名女作家”，到“亲爱的”“亲爱的主要嫌疑犯”？相互尊重如何演变成正式的相识、温暖的友谊、最后的爱？

这些信件记录了我与内尔·哈珀·李关系的进展，暗示了我们成为如此特殊的朋友并保持通信的原因。我们的第一次通信从 1992 年开始，那年她六十六岁，我五十二岁，直到她 2016 年去世前一年左右。也许在另一个世界，内尔想成为南方的历史学家，就像我这一生一样，职业是作家和教授。正如她有时幽默地暗示的那样，她好像中了我妻子达蒂的咒语。由于内尔努力想掌握我的发音，达蒂的名字让内尔迷惑了好几年。

达蒂给内尔带异国情调的巧克力，并告诉她许多有趣的故事，而我只不过是个陪同。或许我们变得亲近是因为达蒂和我在她生命中的三个关键时刻都支持她：她的姐姐路易丝患上痴呆症时；她自己中风，为了保护隐私，在康复机构隔离自己时；她被迫放弃她的第二个家——纽约，回到六十五年前她逃离的小镇门罗维尔度过余生时。又或许我们三个人在生命的黄昏相遇，只是因为彼此需要。

虽然内尔和我们交流了二十多年，但我们从来没有一起工作、在同一个城镇生活，或通几个小时的电话。我们的友谊都是特定的相遇，大多数是面对面的，中间相隔着很多时间、空间和信件。我们的第一次交流是正式的文字通信，我没有存留当时的回信，但我清晰地记得我礼貌地回复了。之后十多年，她一直没给我写信，直到一场家庭危机促使她向我求助。从那以后，我们摒弃了尴尬的礼节，文字上变得更加亲近。内尔喜欢精美的文具，所以她从不使用电子邮件。她的信和当时两个南方文学偶像——弗兰纳里·奥康纳和尤多拉·韦尔蒂的信很像。奥康纳来往信件的编辑莎莉·菲茨杰拉德指出，和内尔一样，奥康纳也是一个机智、健谈、合群的短篇小说家，经常写一些精彩的信。这位佐治亚州的短篇小说大师有着隐居的名声。

虽然内尔生活在个人电脑、脸谱和推特时代，但内尔拒绝了这些喧嚣和亵渎，认为它们只是侵犯他人隐私的另类方式。

相反地，她曾经给我们寄过一张查尔斯·伦尼·麦金托什的卡片，这张卡片是她在格拉斯哥大学亨特利亚美术馆购买的十分珍贵的限量版藏品，她希望我们也拥有一个。她的信件与她的文学偶像简·奥斯汀相比，属于另一个年龄段，没有那么轻浮、八卦和琐碎，而更像是奥康纳和韦尔蒂的信：朗朗上口、幽默诙谐、讽刺、坦率、果敢、热忱、极具个性。因为她的密友圈很小，所以她的信件被格外珍视。随着时间的推移，其他人无疑会分享写给哈珀·李、哈珀·李写给他们以及提到哈珀·李的那些囤积的信件。编辑会将它们编辑起来。就像罗·威·查普曼为简·奥斯汀所做的那样，就像莎莉·菲茨杰拉德为弗兰纳里·奥康纳所做的那样。相比之下，这本书篇幅不大，也没有那么全面，但我希望它能给我朋友的生活提供一些有趣的时刻和重要的感觉，并激发读者更多的兴趣。

我们关系的铰链更容易辨认。1983 年 3 月，在亚拉巴马州的尤福拉，我们第一次见到了路易丝·康纳——内尔叫她“韦兹”——和她的妹妹“多蒂”（家中对内尔的昵称）。内尔将路易丝这个名字用在《杀死一只知更鸟》中，成为核心角色让·路易丝·芬奇（尽管姐妹们一辈子都在争论斯考特到底代表谁）。路易丝是弗朗西丝·芬奇·李和阿马萨·科尔曼·李常被忽视的二女儿。她在奥本上大学、恋爱、结婚，而后搬到查塔胡奇河岸上的尤福拉市，生了两个儿子，并成为第一浸信会教堂的中流砥柱。我们的相遇，源于她是委员会的成员，组织亚拉巴马州的历史和遗产节，而我当时是奥本大学的一名历史教授，因为只相距大约一个小时的路程，被邀请成为一名演讲者。

几十年前，在民权运动期间，尤福拉市市长派遣路易丝去一个叫作“社区行动”的委员会任职。这个五人小组是由一位黑人妇女组建的，路易丝知道她关心城镇的教育、种族分裂和贩毒问题。路易丝问委员会创始人，她能为这项工作做什么贡献，创始人简单地答道：“你是白人。”一些本地人可能会被这种象征性的影射主义激怒，但是路易丝接受了这份工作。她和其他委员会成员每周聚会两次，一起吃饭，讨论社区问题，并努力使小镇变得更好。她的黑人朋友开始过来喝咖啡，这在大多数地方只是个人友谊的一小部分，但在民权时代的尤福拉，种族界限变得模糊了。

路易丝说父亲是那个激励她的人。她告诉我们她父亲是一个“内在基督徒”，是一个有荣誉感和个人尊严的人。父亲履行了一个社区领袖的责任，公平公正地对待所有人。卫理公会的教养使他相信，亚拉巴马州的正义与上帝一样重要，如同来世的天堂。虽然他在爱丽丝和内尔时代不支持民权运动，但他比大多数亚拉巴马州白人改变得更快。

就是这个历史和遗产节活动让我和内尔第一次接触。委员会成员希望主讲人是路易丝著名的妹妹哈珀·李，但所有人都知道她几十年来除了接受荣誉学位，一直很少公开露面。因此，他们提议邀请内尔的童年伙伴，当时以《冷血》一书闻名于世的杜鲁门·卡波特。听到这个消息，内尔提出亲自在会议上发言，这让委员会大吃一惊。内尔很了解卡波特的缺点和特长，担心他会让她姐姐难堪。这是对她姐姐的一种纯粹的爱，但对内尔来说，是一种纯粹的痛苦，因为她在这种活动的前几天都吃不下东西，睡不着觉。

那天在内尔之前演讲的，是我在奥本大学的一位同事，英语教授南希·安德森。南希后来告诉我，面对众多的观众和在文学偶像之前发表演讲，她感到十分紧张和恐惧。在她上台前，她被介绍给内尔，内尔低声说："你和我一样害怕吗？我觉得自己像一只中午出来的猫头鹰。我的姐姐们说服了我，但绝不会有下次了。"

后来，内尔和一群观众席上的孩子们聊了一个多小时，并提议送给他们签名的《杀死一只知更鸟》。我的儿子肖恩就是那晚的一位幸运儿，那天恰巧是他十四岁的生日。当我请李小姐在我们的书上签名时，她冷冰冰地回答道："我只给孩子签名。"那是我们第一次交流，不是很成功。

十年后，亚拉巴马州和西佛罗里达卫理公会妇女大会邀请我发言。招待会之后，我和达蒂与两位相貌娇美的女士聊天。得知她们其中一人住在尤福拉，我问她是否认识我记得在遗产节大会上遇到的路易丝·康纳。"我就是路易丝·康纳。"她咧嘴笑着答道，以缓和我明显的尴尬。然后她向我们介绍另一位女士，她的姐姐爱丽丝。我和达蒂都知道她是该州最早的女律师之一，也是亚拉巴马州卫理公会的传奇领袖。路易丝邀请我们去尤福拉拜访，我们接受了她的邀请，但从来没想到内尔会误解我们对她姐姐的兴趣。

路易丝聪明、热情、有趣，而且非常喜欢高尔夫，尤其是英国公开赛。在一次拜访中，她推迟了我们去她最喜欢的灵魂餐厅的出发时间，以便能看完比赛的最后一轮。“你打高尔夫球吗，韦恩？”她目不转睛地盯着电视屏幕问道。“不，从来都不喜欢。”我回答。她告诉我：“嗯，你一定会喜欢比赛的开幕式。一个苏格兰风笛手演奏《奇异恩典》。当我死后，我想要一个风笛手在我的葬礼上演奏那首曲子。我将不知道我是在天堂还是在英国公开赛，感觉好像没有什么区别。”

不久以后，我们每隔几个月就去拜访一次，我们的话题慢慢扩展到我们各自的家庭。路易丝透露说内尔曾警告过她，我们可能对路易丝并不感兴趣，而是想偷偷地了解李家的情况。我给路易丝的答复是：我们发现她好客、聪敏并乐于分享精彩的故事，比几年前内尔在签名时突然拒绝我们要友好得多。路易丝停顿了一下，然后回答说：“好吧，内尔必须要清楚，她的母亲和父亲也是我的父母；如果我想告诉你关于他们的事，我会的。”很多年之后，她确实告诉我们了。

其中有一年，一位在蒙特瓦罗大学教文学的朋友让我给一个成人教育班讲讲 20 世纪 30 年代亚拉巴马州的贫困、阶级和种族问题，这正是我擅长的领域。当然，那个时期也是《杀死一只知更鸟》设定的时间背景。我很快发现我的许多学生都是律师和法官，他们对研究这部小说及其作者都很感兴趣。令我惊讶的是，爱丽丝·李也在其中，她后来告诉我，她是通过阅读我对 20 世纪亚拉巴马州生活的描述而被吸引来的。那次研讨会让我和爱丽丝保持了很长一段时间的通信，她比内尔大 15 岁，虽然我们很少与她见面，但后来我们爱上了她。

可悲的是，随着年龄的增长，路易丝的健康情况变得十分糟糕。她先摔了一跤，摔坏了股骨，然后康复了，但后来更多的跌倒迫使她搬进了护理院。尽管我们像以前一样经常去拜访她，但她却越来越疏远，经常对我们的谈话保持沉默。一天，她的儿子汉克联系我们，告诉我们他把母亲搬到了他在佛罗里达州盖恩斯维尔的家附近的一个机构。

此后不久，在2002年秋季，亚拉巴马州人文基金会授予内尔最高荣誉。她不仅接受了，而且还同意参加募捐招待会。尽管我们多年前只在签名仪式上见过她一次，但我们还是决定参加，希望能从她那听到路易丝的消息。

我们的朋友南希·安德森，时任亚拉巴马州人文基金会董事，给我们讲了一个关于内尔在上次签名仪式上的小故事。内尔看到一位“不像其他人穿得那样优雅”的母亲，她正陪着女儿，显然，募捐活动的门票她肯定负担不起。内尔注意到那个女孩手里拿着一本《杀死一只知更鸟》。尽管有一个“禁止拍照，禁止签名”的警示牌子，内尔仍走到女孩面前，问她是否要在书上签名。当那个兴奋的孩子把小说递给内尔时，内尔看到她母亲有一台照相机。内尔轻声说：“如果你愿意，可以照张相。”

在组委会把内尔匆忙带走，去修改她的标准获奖感言（正如我听到过的那样，她通常会说“我太激动了，不知道该说些什么”）之前，我设法悄悄地问了她一个问题。活动结束后，内尔找到了我，把一个写有她姐姐在盖恩斯维尔的地址和电话号码的节目单塞到我手里。我们很高兴得到这个信息，于是我们打电话给路易丝，写信给她，但都没有得到任何回复：我们的朋友已经离开了。

再次遇到内尔，是在四年后。她同意接受促进种族和解的伯明翰誓言基金会的终身成就奖，基金会主任让我概述一下她的成就。虽然我是一个经验丰富的演讲者，但她如此知名，我要努力写一些不是陈词滥调的东西。但在最后，那晚发生的事情比我做的任何演讲都精彩。

在过去的几个月里，我一直在帮助两位伯明翰教师完成一个具有挑战性的项目。著名的合唱教师帕齐·豪兹在黑人费尔菲尔德预备高中组织了一个天才合唱团，但学校里没有供歌手表演的剧院。而位于城市另一端的美国最富有的郊区之一的山溪高中，则拥有最先进的剧院和才华横溢的戏剧教师帕特·耶茨，但那里没有几个黑人学生。耶茨想制作一部有关《杀死一只知更鸟》的作品，所以需要更多的人。她决定提议与费尔菲尔德学校合作，并请我参与两组学生的讨论。

我们的启动会议是在费尔菲尔德举行的，当时白人学生都没有来过费尔菲尔德。所有的白人学生都排成一列走进房间，坐在我的左侧。黑人学生则聚集在我的右侧。“这部小说的主题是什么？”我问了大约 30 个少年，但结果却是长时间的沉默——令人生畏的沉默。我本想耐心地等他们打破沉默。几分钟后我开始怀疑我的策略。最后，一个高个子的非裔美国学生用低沉的声音打破了沉默："宽容！不要轻易评价一个人，除非你经历过他的人生。"

"对！"我喊道，"对于你们自己和在这部作品中，那是什么意思呢？"

接下来，我们三个老师就阻挡不住学生们的踊跃发言了。创作工作就此开始。

伯明翰誓言奖之夜，基金会安排了一个会见哈珀·李的募捐者招待会。她站在一条长长队伍的最前面，队伍蜿蜒穿过大厅。尽管她已经八十岁了，仍然坚持与每个人都握手、交谈，她肯定已经精疲力竭了。就在这时，《杀死一只知更鸟》的联合高中的演员们，穿着所扮演角色的服装，列队走进礼堂（基金会主任邀请了他们）。尽管还有许多募捐者要打招呼，我还是边跑边道歉地闯入队列，跑到后面把孩子们聚集起来。我告诉内尔坐到她身后的沙发上，因为我有一个惊喜：早些时候我告诉过她，《杀死一只知更鸟》的演员们都来看她了。她靠在沙发垫上大声叫道："感谢上帝！"当阿提克斯·芬奇、斯考特、布·拉德力、莫迪小姐、汤姆·鲁滨逊、卡布妮亚和其他人摆姿势拍照并和她进行生动的对话时，她笑得合不拢嘴。

几分钟后，赞助商就把她护送到了礼堂的最前排，我则坐在舞台的椅子上。那天晚上，达蒂、内尔和我开始从熟人转变成了交情更深的人。

开　端

1992年7月，我在亚拉巴马州报纸发表了一篇评论，歌颂门罗维尔杰出的李氏家族，尤其是哈珀。顺便提一下，我曾在1963年秋天读过《杀死一只知更鸟》，当时我还在研究生院读书，就在几个月前，伯明翰第十六街浸信会教堂遭到恐怖袭击，四个年轻的女孩遇害。这件事让我非常愤慨，所以离开亚拉巴马州到佛罗里达州立大学学习后，我发誓永远不回家生活。被我的博士研究奢侈地耽搁了几年后，我读完了内尔的小说，并开始重新考虑这个问题。我认识许多像阿提克斯·芬奇和莫迪小姐一样的白人，也认识不少像汤姆·鲁滨逊和卡布妮亚那样的黑人。我们州不是一块文化荒地，像门肯描述的传奇的波扎特的撒哈拉沙漠那样。自1933年以来，亚拉巴马州的作家们获得了两项普利策小说奖（其中一项是1961年的《杀死一只知更鸟》）和多项国家图书奖。这对美国最贫穷、受教育程度最低和最落后的州来说是一个令人刮目相看的数字。

那时，我们的路易丝·康纳把我的专栏文章寄给了内尔。内尔就此给我写了一封信，日期是1992年8月，但放错了地方，所以8月没有寄出来，10月份才寄出，那是我们的第一次书面交流。但那时我去中国做了一个学期的研究和演讲，在1993年初回家之前，这封信一直淹没在一大堆邮件里。内尔的附言，轻轻地责备我，因为我说她是李氏三姐妹中最大的，而实际上她是最小的（当时66岁），这为我们以后的友谊定下了基调：她是一个不喜欢言过其实，无法忍受被愚蠢糊弄，不允许侵犯隐私空间的人。如果你不想知道她对事情的真实看法，那就最好别问。

1981年，当亚拉巴马州的朋友搬家到得克萨斯州的休斯敦时，内尔给那对夫妻写了她对休斯敦的印象。信的标题是“亲爱的你们”。几年后她的朋友们给我看了这封信，并提议把这封信写进这本书里，这封信充分诠释了内尔的讥讽才智，她对孤星之州的厌恶（除了圣安东尼奥市），以及她对古董书店和所有英伦风的热忱。

就人际关系而言，内尔的公众形象是固执己见、沉默寡言、冷若冰霜的女性，但这与事实相差甚远。私底下，她是一个富有同情心、热情、随和、健谈的人。她经常不遗余力地给孩子、老师和粉丝们回信，参加撰写关于《杀死一只知更鸟》的论文的高中生颁奖典礼，接待来纽约的朋友，阅读和评论其他作家的手稿。

一次，我在亚拉巴马州费尔霍普市做关于内尔的演讲。我收到了一位听众的来信。玛丽·卡梅伦（卡米）在信中描述了自己与著名作家的两次相遇，她想或许我可能会在接下来的维也纳大学的演讲中用到这些经历。卡米在莫比尔长大，她的父母在那里经营着一家有名的古董店，这家书店赞助了亚拉巴马州第一次《杀死一只知更鸟》的签名活动。基于这个偶然的相遇，内尔后来接待过卡米。卡米作为新生，在去韦尔斯利学院报到的途中经过纽约，和内尔待了一个星期。

1981 年 3 月 16 日

东 82 街 433 号
伊甸园 10028

亲爱的你们：

得克萨斯州没有时髦的人。

几年前，我在休斯敦待过一段时间，发现这是对浪费生命的惩罚，就像我对地狱的看法。这里没有过去，没有未来，只有现在，并毫无品味。它比洛杉矶还糟糕，因为洛杉矶的地狱性在某些方面还有点魅力，令人有一种如愿以偿的感觉。休斯敦在 1959 年被洪水摧毁，土地盐碱化。后来它被杰西·琼斯以及有相似愿景的伊玛和乌拉·霍格重建。加勒里尔商场和橡树河购物中心的规模倍增，人们的生活水平超出了你的想象。但换个角度的话，也没那么糟糕：你们远远超过了休斯敦亿万富翁的平均水平，很快就会成为这个城市的文化领袖。因此，不要想休斯敦能为你做什么，想想你能为休斯敦做什么：教他们点东西。

从休斯敦冒险进入得克萨斯州西部平原，你们亚拉巴马州的清教徒会觉得自己像古罗马的纵欲者。他们的生活是难以形容的简单、清净。他们是十分富有的人。

圣安东尼奥是唯一有看头的城市。那里有我的一位建筑师老朋友，他的妻子为了保留住一些城市形象，躺在了推土机前面。他们是富有的人。

我想起了一段在休斯敦的经历：在一家书店里，我惊奇地发现四卷旧的《滨河》杂志，里面有当时新鲜出炉的原版《福尔摩斯》。傻瓜们以 4 美元的价格卖了这些书。除了不知道东西的价值外，他们甚至连价格都不知道。

回家吧，原谅一切吧！

诚挚的

内尔

另外注意：别惦记在市中心的高尔夫球场上打高尔夫球，时速 50 英里[①]的大风随时都会刮到那儿。

① 1 英里约合 1.609 千米。——译注

1992年10月19日

哈珀·李
东82街433号
纽约，10028

亲爱的弗林特先生：

我想你不会像我一样，每隔几个月要处理一次积攒的邮件，其中一半是垃圾邮件。你少了很多麻烦。

我正在桌子上翻阅积攒的东西：在底部我发现了三封贴好了邮票的信件，我以为几周前就寄出去了呢。其中一封信是给你写的，日期是8月3日。我将重复里面的内容：

> 我姐姐路易丝·康纳寄给我一份7月12日《伯明翰新闻》上的你的文章。
>
> 你的文章很棒。凭着对小说的信心，选择了在亚拉巴马州生活……让我感到了你是如此谦卑。
>
> 感谢你对亚拉巴马州的赞美，感谢你亲切友好的文章，感谢你的慷慨陈词。

真诚的
内尔·哈珀·李

这就是信中的内容。除了表达我和家人的感激之情，你的一个小错误让路易丝欢呼雀跃：事实上，她比我大几岁——我更年轻。我们之间有一个 30 岁就去世了的兄弟，他的遗孀再婚了，他们的孩子在奥本长大。

李家人都认为你是一个高尚的人；如果有幸见到你，我会告诉你，你还是一个宽容的人。

发件人：卡米·伊斯特
发送时间：1998 年 12 月 31 日下午 6：42

亲爱的弗林特博士：

感谢你几个星期前的某个星期六在费尔霍普做的演讲。你的演讲让我很开心，甚至让我放下了手中的祖卡笛，开始给内尔和爱丽丝小姐写封信，她们都是我深爱的人，但我很少和她们交流。

我向约翰·斯莱奇提到过这件事，他对出书的可能性很感兴趣，现在可能已经联系到你了。

我可以告诉你一点关于李小姐的小道消息，这或许对你在维也纳的演讲有用，所以我不介意和你分享。

我记得，读了利平科特寄来的预发表的平装本（这本书仍然是我的珍宝之一）后，我父亲和考德威尔·德莱尼就立刻发现这本书很了不起。小说刚一出版，他们就很快行动起来，安排邀请内尔到莫比尔图书馆演讲，她同意了。可能图书馆给她颁了一个奖，那部分我记不清了。但我记得，她在伯恩海姆大厅开始演讲时，说要先脱鞋，她确实脱了鞋，这让我对一些开始时对这本书的种族主题表示不满的老妇人感到更加愤慨。我觉得她很迷人很可爱。

过了一段时间，内尔给我的父母寄了一封感谢信，在信中她提到她正在和一些翻译家共同制作国际版本的《杀死一只知更鸟》。我清晰记得她提到荷兰人很难理解“怨恨的篱笆”是什么，她正在吃力地解释。1963 年 9 月，我上大学一年级并愚蠢地认为我已经征服了世界。在去韦尔斯利的路上，她还亲切慷慨地招待了我一个星期。她亲自去接我，然后把我们俩都安排在罗斯福酒店，并向我介绍了凌晨 2 点从客房服务部订购汉堡的乐趣。除了大城市的其他欢乐之外，令我记忆永存的是我们两个在纽约的人行道上站了几个小时，等着看肯尼迪乘坐他的豪华轿车前往联合国发言。她坚持要我去看，虽然总统来得很晚，但到目前为止，他是我唯一亲眼见过的总统，与我对其他总统的认识相比，还是这种方式的感觉更好。

我会永远爱她，即使我很少表达。

卡米•伊斯特

名人、亲眷与灾难

1992—1993 年我们第一次通信后，我和内尔 12 年没联系。在那期间，达蒂和我一直与路易丝继续着我们的友谊。但因为疾病的缘故与现实的距离，我们最终失去了联系。我们在亚拉巴马州人文基金会颁奖典礼上见到了内尔，她给了我们路易丝的地址和电话号码，我给她写信以示感谢，她在回信中称呼我为“韦恩”，不再是之前的“弗林特先生”。

她提到即将上映的电影《卡波特》，菲利普·塞默·霍夫曼在这部奥斯卡获奖影片中饰演自恋的作家，凯瑟琳·基纳扮演了他多年的好友内尔。这部电影的主要内容是两人前往堪萨斯州的霍尔科姆，调查两名流浪汉对一个农场家庭的可怕谋杀案件，作家们联合创作了一种新的文学体裁——“非小说”（卡波特不公平地声称是他自己的功劳）。在内尔看这部电影之前，有人告诉她影片中所谓的事实不准确，她在信中对这些事实表示愤慨。最后她确实看了这部电影，并且喜欢它，特别是霍夫曼对卡波特的刻画。但她确实发现了错误（例如，卡波特在牢房里与一名杀人犯交谈，而事实上，内尔说，他们只被允许在常规探视区与囚犯交谈）。她亲自写信给导演贝尼特·米勒，指出他的错误。

9 月 16 日，我给内尔寄去了一本我新出版的《二十世纪的亚拉巴马州》一书。最后一章详细介绍了亚拉巴马州作家、艺术家和音乐家的成就。我为她写了一页。

我提议我们一起去拜访共同的朋友凯瑟琳·塔克·温德姆，她是亚拉巴马州著名的短篇小说家，住在塞尔玛，是国家公共广播电台的定期撰稿人。

内尔在 2005 年 2 月 18 日对飓风伊凡的描述既反映了她对那些将门罗维尔受人尊敬的老法院看得比镇上居民更重要的记者的愤怒，也反映了她对该州政治领导人的蔑视，特别是州最高法院首席法官罗伊·摩尔，他在该州最高的司法大楼里安装了一个巨大的花岗岩《十诫》雕塑，作为他妄想成为州长和总统的野心的支柱。她自己和她两个心爱的姐姐的健康几乎和风暴及政治一样令她担忧。

她每年送给我们的圣诞卡是她对纽约和英国艺术及精美文具的热爱的独特体现。

2004年5月15日

亲爱的李女士：

非常感谢你给我们路易丝的地址。我打过两次电话，但她听不清，认不出我们。我也写过信，但我不知道她会不会回复。以前我们每季度都会去尤福拉，带你姐姐出去吃午餐，看她喂食器里的鸟儿，坐在门廊的摇椅交换故事，这些都是我们余生的回忆。路易丝是个很有女人味的人。

顺便说一句，李家的“遗产”正在弗林特家族流传。我的儿子毕业于加州帕萨迪纳设计与艺术中心学院，现在是微软的设计师兼艺术家，他的妻子（一位来自亚拉巴马州莫里斯小煤城的才华横溢的年轻姑娘）拭去脚下亚拉巴马州性别歧视和种族主义的尘埃，立足于更加自由的西雅图。他们赐给我弗林特家族三代中的第一个女孩，为了纪念你，就给她起名叫哈珀，我想，尽管我们竭尽全力想摆脱过去，但过去的地方和人却总是与我们紧紧相连。我认为这好像是一个小小的讽刺。

谨上

韦恩

2004年8月2日

在纽约，但很快就回家了。

亲爱的韦恩：

请原谅我没有给你写信。我去纽约看眼科医生，待了几个月。他们告诉我他们“无能为力”，然后让我去灯塔国际公司买放大镜、电子阅读器等等。如果你认识患有视网膜黄斑变性的人（1962年因老年失明而创造的委婉职业术语），告诉他们灯塔商店里有为视障人士（“盲人”现在成了禁忌，就像“罪恶”一样）准备的所有小器具。我下周就回家。

路易丝的儿子汉克·康纳说他母亲不会用电话联系了，她也早就停止了写作，姐妹们也不再尝试联系她了。她非常喜欢你和你妻子，我希望你的电话或信件能得到回复。你们是她最亲近和最亲爱的两个人，如果有一天她真的不回应你了，那恐怕是我们永远地失去了她，这是我们都无法摆脱的可怕的事情。

以我的名字命名，让我感到十分荣幸。你的孩子们有机会在她懂事之前给她改名，但我希望别改，请向他们转达我的谢意。杜鲁门·卡波特在堪萨斯的冒险经历将变成一部传记片，我也将出现在里面。据说杜鲁门爱上了杀人犯之一佩里·史密斯，并和他有了绯闻。事实上他并没有，我很了解，但电影制片人并不知道。

最好的

内尔

2004年9月16日

亲爱的内尔：

得知你对路易丝病情的分析，我们感到心烦意乱。上次我去尤福拉看望她时，她还是原来那个机智的路易丝，但她也异常沉默寡言。我们经常坐在她门廊的摇椅上，看着鸟儿在喂食器里吃东西。有时我们不说话，只是看着，沉思着。但她又会很快地切换话题，讨论英国公开赛，或者问我亚拉巴马州的人们为什么如此害怕改变。然而，在家里，沉默的时间越来越长，直到我最终觉得自己是一个入侵者……我知道……她是一个多么特别和独特的人，我们将永远珍藏我们在她最喜欢的灵魂美食餐厅（位于佐治亚州的伦普金）或小中餐馆（位于尤福拉）分享美食的时光。

得知你患有视网膜黄斑变性，我们同样也很难过。我们确实知道有人遭受这种痛苦。事实上，教达蒂和我交际舞的那个人就得了这种病。然而，他是我见过的最好的舞者之一，当他妻子去欧洲出差时，他一个人前往罗马与她见面。我们最初认识他时，他就得了这个病，而且控制得很好。我想人们对这种病的反应，大概就像我妻子患帕金森症时一样：诊断时害怕震惊，接着是沮丧和愤怒，然后是辞职，想解决办法，最后下定决心要好好活下去。我喜欢“登山宝训”，对于像我们这样的人，无论如何都要珍惜每一天，为这个存在的时刻而高兴。毕竟，没有什么比这更重要的了。

我希望你能接受这本书，这是我对你的极大敬意。我在序言中解释了你与故事的关系，希望我在最后一章（顺便说一下，这是我最喜欢的章节）对你的描述是公正的。有那么多人对我意义重大……我想让亚拉巴马人知道他们除了大学足球还有很多值得骄傲的地方。很抱歉这本书太长了，但是我花了半个世纪的时间对这个我如此深爱的地方进行了观察。至少我希望，在西雅图长大的我的孙辈——达拉斯和哈珀，能透过爷爷的视角对故乡的人有一定的了解，而不是只有对“南方佬”和“私运之人”，对罗伊·摩尔和福布·詹姆斯，对宗教激进主义的狭隘和粗野的刻板印象。因为你代表了我想要他们引以为傲的东西（他们的父母也认为如此）。我敢肯定，他们在给她取名时，确切地知道自己在做什么……

我知道这个建议看起来很冒昧，但是如果你有空的话，我们很乐意到门罗维尔和你共进晚餐。我们经常带凯瑟琳·温德姆出去吃饭……我知道你们两个是朋友，如果你们愿意的话，我们很乐意带她一起来。你可以放心，和我们在一起，我们不是文学评论家……不过，我还是喜欢和一个达蒂与我都非常尊敬的人开诚布公地交谈。有一次我告诉路易丝，我的原生家庭很少拥抱。尽管我努力做得更好，但我还是常常后悔从未拥抱过她，并告诉她我有多爱她。

诚挚的

韦恩

2005年2月18日

亲爱的韦恩：

在你收到这封信之前，哈珀·弗林特（最漂亮的孩子）已经上一年级了，你的胡须也变白了。[1]在你轻蔑地扔掉这封信之前，请允许我对没有写信深表歉意，并请求你的原谅。不知道你是否能理解我这种拙劣的逻辑，我的沉默就是对你的一种极大的赞美：我就是这样对待朋友的。不可否认，我现在的朋友已经为数不多了，直到我觉得有好的东西分享，我才会给朋友写信。虽然很少，但我仍尽力尝试，即使最终我的信只列出一些无聊的事情。

首先，你来信的日期，9月16日，是值得注意的一天。飓风伊凡差点把我们给毁了。门罗维尔没有得到像鲍德温、阿特莫尔和布鲁斯顿那样的关注，但是除了沿海地区外，门罗维尔是受灾最严重的地区之一。门罗维尔95%的房子都被损坏了（爱丽丝还在等待新的屋顶），工程师一直待到这个月，监督一项看似永远完不成的清理工作。10天没有灯，镇上一些地方两周不通电话，一个多月没有电视（这是件好事），自来水总管道也不稳定，但没有伤亡。好像有人不想杀我们，但确实想引起我们的注意。

① 此处指自己对回信太晚有些抱歉，是一种开玩笑的说法。——译注

9月15日至16日的大部分时间，爱丽丝和我，艾德和玛丽安·李，还有他们十几岁的女儿，都是在侄子家的浴室里度过的。响声震耳欲聋，一片黑暗，无线电台关闭，甚至连手机都无法使用（李一家人住在一个洞里或什么地方，电话打不出来，我搞不懂这些。）

我经历过两次飓风：陆地上的伊凡和大西洋中部的格洛里亚。门罗维尔到处都是松树，大西洋没有树，但响声完全一样。我想因为都是风的缘故吧。

你没有了解到门罗维尔的困境是因为一个追星的年轻的《莫比尔纪事报》特约记者。一个电影摄制组在镇上使用老法院作为他们版本的斯科茨博罗案件的审判场景（与雷德福一样的年轻演员扮演肥胖秃顶的山姆·莱博维茨）。工作人员非常小心地用木板把法庭的窗户封起来，以保护他们的投资。广场的全部损失是一棵倒下的烂橡树（市中心损失最小）。年轻的特约记者只报道说历史悠久的老法院幸存了下来。纪事报通讯社接了电话，没有进一步询问。两周后，我问纪事报的一些朋友："发生了什么事？"他们的回答是："发生了什么？"（嘿，弗林特博士，像建筑物这样的东西什么时候会成为历史？门罗的老法院没有一件历史性的幸事。）

现在，我们从飓风转向白内障（一例）、心脏导管插入术（一例）、溃疡（一例）、胆固醇（高）。在接下来的几个月里一直到圣诞节，所有的时间都将在消耗和焦虑中度过，这让我更加厌恶医疗行业，因为它正逐渐变得和法律行业一样可鄙。

再说说圣诞节和路易丝。韦恩，我们深爱的路易丝已经不见了。你不是唯一一个给她打电话但她认不出来的朋友。汉克说朋友和家人都是这样；他不知道她到底是真的认不出来，还是假装认不出来，反正结果是一样的。他说，有时她见到人也认不出来。然而，在圣诞节期间，她认出了爱丽丝和我，我们在一起度过了最愉快的一天，直到可怜的路易丝出了一场令人尴尬的个人事故，并想被送回养老院。她看上去很好，她那良好的骨骼结构使她在我面前永远保持美丽。汉克说她整天都在睡觉和看书——他不知道她能看进去多少，但她喜欢骇人听闻的真实的犯罪类书籍。她除了去吃饭以外不走路。对于过去每天跑 4 英里的人来说，这是一个巨大的变化。她不寻求别人的陪伴，待在自己的房间里，这是另一种变化。我们可以偶尔看到她闪现出的昔日魅力，这让我们回忆起那位最活泼的女士。我想知道人们会不会在我们死前用过去时谈论我们，韦恩。

最新的情况是，爱丽丝十天前摔倒了，现在仍在家里，坐在客厅的躺椅上，做着由医院人员规定的运动。爱丽丝是我认识的最了不起的人。完全失聪，植入耳蜗，手术让她像一个布娃娃一样完全失去了平衡。但她却设法用另一种世界的宁静战胜了这些障碍，继续她的工作——法律事务，好像她不在乎一样。直到她摔倒。她很少摔倒，但一摔倒就摔伤了，直到上一次她还没有受伤。这一次我们害怕某处骨折，因为疼痛仍然像第一天一样严重。不过，她会成功的，因为她不会让这种事妨碍她。（只不过这次真的妨碍了她，因为她现在几乎站不起来。）

所以我请你听吉尔达·拉德纳朗诵（“总是有点不对劲”）半年内发生的恐怖事件，甚至没有用“烧焦的温莎城堡”来展示陈词滥调。（口音怎么说？我不知道。）

重要的是，哈珀·弗林特的名字起得很对：她美丽、聪明、活泼、迷人。她将在这个世界上走得更远，给她日渐衰弱的祖父带来荣誉和荣耀，她的祖父恰巧是我们最好的作家之一，“我们”指的是美国。我很荣幸成为弗林特家族的一员，我是真心的。

我真的很佩服你。不仅因为你能把久远的从前与不久的过去写得活灵活现，还因为你成熟的风格：你认为，一个完全成熟的人应该摒弃所有的痛苦和愤怒（如果他有过），写东西要清晰明了。我对历史学家非常不耐烦，尤其是那些有议程的历史学家，他们不能不说服我们就把事实告诉我们。在这个极度沉闷的世界里，他们似乎不相信读者有能力形成一个观点。是的，当你把历史写作成果当作艺术家的作品时，你会奉承我们。麦考莱也是。（辉格党，是他那个时代头脑最清醒的人。）

这些天，我必须用放大镜阅读，我要花很长时间才能读完。我的痛苦让我慢慢地、仔细地品味着《二十世纪的亚拉巴马州》的快乐，这是让我感到高兴的一件事，带着几乎可以感觉到的喜悦，读起来就像你经历了这一切。我迫不及待地想让爱丽丝看这本书，她已经耐心等了几个月了。20 世纪她只有 11 年没有经历过，她会同意我的说法。你的书告诉我们，我们是谁，我们去过哪，我们要去哪。

如果在这种状态下我们不能改变一些事情，那就太糟糕了。我害怕罗伊·摩尔政府的到来，我想它肯定会成为世界末日。我们怎么了？我已经足够老了，能记起人们不那么无知的时候，你够老了吗？

我知道另一件事：读这本书的时候，你又老了一些。

爱你的

内尔

弗林特一家值得我用最珍贵的查尔斯·伦尼·麦金托什卡片。

内尔

威廉·格拉肯斯，《中央公园，冬天》，1905 年

季节的问候：我好像欠你一封信，已经有 5 年了。如果我再活 5 岁，你就会得到一封。非常爱你和你美好的家庭。

另外，我拥有写作的新光源。我的字写得不优雅吗？！

不完美的父亲，不完善的城镇

听到朋友间传来生病的消息不足为奇，在迈向老年的过程中尤为常见。不同年龄有不同的身体问题。内尔日益恶化的黄斑变性最终会使她完全失明。但是，尽管有限的视野限制了她的阅读，但这既没有使她陷入沮丧，也没有改变她的态度。

作为一名研究亚拉巴马州的历史学家和十本相关书籍的作者，认识内尔不久，我得知内尔的父亲是一位有影响力的州立法委员，曾被推荐竞选州长。我意识到这样的成长环境激发了内尔的政治本能。所以，这个家庭也有很强的卫理公会道德。随着对“三 K 党”恐怖主义的担忧，随着“白人公民委员会”（身着纽扣领衣服、受过更好的教育、不那么暴力的“三 K 党”）的兴起，以及亚拉巴马州的白人精英们在经济、宗教和教育方面的极度沉默，她和我一样对该州的政治持怀疑的态度。

1949 年，她拒绝了带有点令人窒息的岛国主义和狭隘主义的门罗维尔去了曼哈顿。她搬到大本营纽约后，国内局势恶化，她在当地报纸上关注家乡的事态发展。她读到亚拉巴马州对民族融合的大规模抵抗。在随后的几年里，“白人公民委员会”成员激增。1957年，她停止写《设立守望者》，开始把一个小故事扩展成《杀死一只知更鸟》，她对门罗维尔的幻灭已集中体现在该镇的种族主义和对黑人日益增加的暴力行为上。后来，州里又增加了本土主义、仇外心理、恐同心理和公立学校制度，导致越来越多的白人进入私立“基督教”学校就读，同时把黑人儿童遗弃到越来越缺乏资金的公立学校。对内尔来说，比一般的南方社会现实更令人费解的是，她自己的父亲在势在必行的变革面前顽固不化，她写了《设立守望者》作为自己的一种说话方式。在小说中，成年的让·路易丝·芬奇回到梅科姆，惊讶地发现她的父亲和男朋友都隶属于“白人公民委员会”。事实证明，让·路易丝的正义感和义愤与家乡复杂的家庭、社区以及教堂关系格格不入。她又一次在困惑中挣扎着离开梅科姆，去了纽约。

如果这样对比让·路易丝和内尔，内尔在某种程度上是可以与她不完美的父亲和不完善的城镇相妥协的，但她无法在家乡生活。直到2015年7月《设立守望者》出版，也就是在她离开家乡几十年后，本地人才开始了解她的疏离感，虽然随着时间的推移，爱丽丝和内尔在政治上变得更加保守，但姐妹俩仍然是亚拉巴马州的“进步人士”，直到奥巴马任职期间。比起贝拉克·奥巴马，她们更支持小布什。

最能说明内尔对家乡缺乏感情的莫过于她拒绝利用自己的

文学名望来促进当地经济的发展。该镇的主要雇主“名利场”公司（女性内衣公司）将其制造业从当地转移到海外后，本地的经济发展步履蹒跚。在2009—2011年的经济大萧条中，该镇的人口减少了三分之一，失业率飙升至23%。门罗维尔的商会和教育领导人做出了反应，开始将该镇推广为“亚拉巴马州文学之都”，并提供了充足的证据。小小的门罗维尔吹嘘了两位普利策奖得主——内尔的小说奖和非裔美国人辛西娅·塔克的社论写作奖，辛西娅当时是《亚特兰大宪法报》社论专页的编辑。门罗维尔还有作家杜鲁门·卡波特和21世纪的小说家——马克·柴尔德里斯和汤姆·富兰克林。

尽管门罗维尔想尽办法充分利用“文学之都”来为本地谋利，可当地的一家书店却因为缺乏客源倒闭了，小镇还在继续鼓吹其“文学之都”的名声，这让内尔感到十分讽刺。每年春天，一个业余的戏剧团都会在老法院上演《杀死一只知更鸟》的剧目，门票总是销售一空；该剧团甚至在以色列演出过这部戏。在戏剧季期间，亚拉巴马州作家论坛安排在门罗维尔举行备受好评的年度研讨会，吸引了来自美国各地的明星作家。

其中一位明星作家就是内尔，她接受该组织的最高奖项，但她始终拒绝出席活动（在后来的几年里，她破例了一次，这将在以后的信中描述）。正如她所写的：“那些事情会让我发疯。”她曾经告诉达蒂和我，当官方宣布“作家节”日期的时候，她已经订了火车票去加利福尼亚拜访派克一家。2005年5月，这段旅程同时有着特殊的意义：洛杉矶公共图书馆为她颁发了年度作家奖。

内尔的5月日程十分繁忙，但她在百忙之中把一套漂亮的迷你茶具送给了西雅图的哈珀·弗林特。祖母达蒂教她如何使用，在小说中内尔虚构的斯考特·芬奇毫不留情地拒绝了亚历山德拉阿姨想把她变成一个真正的南方淑女的努力，我们的小哈珀也基本如出一辙。

2005年9月，我告诉内尔，我被邀请到布鲁克林公共图书馆做关于《杀死一只知更鸟》的演讲，该行政区计划在下一年举办“大型阅读”活动，这样我们就能在内尔喜欢的地方见面了。那一个月，电影《卡波特》上映，再次引发了人们对《冷血》一书的作者写了《杀死一只知更鸟》的诸多含沙射影的猜测。内尔避开所有想让她发表评论的记者，但几个月后，国家公共广播电台《时事纵观》的主持人梅丽莎·布洛克，在2006年奥斯卡金像奖颁奖典礼的早晨，找到我并做了有关内尔和杜鲁门的采访。幸运的是，我能够通过引用卡波特这位伟人本人的话来揭穿他的秘密作者身份。詹宁斯·卡特是这两位作家儿时的共同朋友，他刚刚把杜鲁门的一封信捐给了门罗维尔的法院博物馆。卡波特在1959年意大利之旅归来时写道，他终于读到了正准备出版的《杀死一只知更鸟》，他说内尔是一位才华出众的作家。格利高里·派克的遗孀维罗尼克录制了此采访，并将其播放给了内尔。

2005 年 4 月 13 日

亲爱的内尔：

我知道你不会因为我的延迟回复而生气，当然，我也不会因你的延迟而生气。我会细细品味你信中的每一句话，然后怀着美好的愿望和祝福及时而认真地给你回信。但不延误是不可能的，各种原因也会导致你的延误。收到你的信后不久，我深爱的达蒂对五年来不断恶化的疼痛感到了厌倦，她同意了骨科医生关于完全髋关节置换的建议……

为了手术，她经历了痛苦的物理治疗准备（她的帕金森症很复杂……）。她在 3 月 16 日做了手术，在医院接受了两周的手术恢复治疗和身体康复治疗后，于 3 月 29 日回家。虽然我和她都不够耐心，但慢慢地，她最终恢复了她的力量与平衡。

我一直都认为我的事业成功，很大程度上是由于她的努力和支持。事实确实如此。我洗了好几十件衣服，并把它们晾干。买了杂货，做了饭（至少在她仔细的检查和详细的指导下），除了尘，打扫了卫生间和壁脚板，整理了床铺，回了信，写了无数的感谢信。虽然有时会不高兴或做不好，但总的来说，我表现得还不错。如果能让她恢复正常，我会很高兴，

“愿上帝保佑”。

谈到外国宗教，我常常想知道，在塔利班统治下生活和在罗伊·摩尔统治下生活是否有很大不同。我认为，只是用一种神权政体换另一种罢了。尽管我仍然是“疯狂追求异教神”的浸信会教徒，我想象不出还有什么比我的兄弟姐妹们管理这个国家更糟糕的命运了。没有什么比仅仅提到摩尔的名字更让我那虚弱的浸信会执事妻子生气的了。

你生病的消息，与我们的经历产生了共鸣，更不用说爱丽丝和路易丝的事了。我真的希望爱丽丝能有所好转，尽管我认为路易丝的情况确实不妙。三个心脏支架，就等同于在你的心脏插入了导管。这可不是开玩笑的事，尤其是手术后的几个小时……

5 月的第一个周末，我将在门罗维尔参加作家座谈会，今年的阵容很强大。如果你打算在 5 月 5 日—7 日左右来找我，请告诉我，如果你愿意的话，我会带你和爱丽丝小姐出去吃鲶鱼……

哈珀小姐昨天满一岁了。我将寄给你带有身份证明的照片样本，这样你可以根据名字跟踪进展情况。她让我想起了詹姆斯·阿吉在《现在让我们赞美名人》中的一句话：随着每个孩子的出生，人类所有的可能性都重生了。这种做祖父母的事比浸信会在精神上更令人满足……

我把我们的通信一页又一页地整理匹配，没什么太大的出入。我想这是我们通信的底线，所以你可以放心地写任何你想到的东西。

真诚的

韦恩

2005 年 4 月 30 日

纽约市

亲爱的韦恩：

这是一封简短的感谢信，感谢爱丽丝转寄给我的精彩的信，同时要告诉你，很抱歉不能在会上见到你。（如果我在家的话，那些事情会让我发疯，爱丽丝也一样！）

我很快就要出发去加利福尼亚了，会在6月左右回亚拉巴马州。我觉得你的信都写得恰如其分。当然，哈珀的照片很漂亮！

匆忙且真挚的

内尔

2005年9月2日

亲爱的内尔：

好吧，我想你的地位已经超越了传说甚至神话。我的朋友伯特·希区柯克带给我一本书，我以前称之为漫画书，现在它叫作“写生小说”。你是这本书的主题。伯特·希区柯克是英语系的带头人（他也是你的一位崇拜者），而我是历史系的带头人。他的儿子埃里克正在营销此“书”的钻石出版社工作，所以我怀疑它还没有上市。你可以用自己的现实来检验作者的神话。我希望他比（乔治·）普林顿和（杰拉尔德·）克拉克更了解卡波特。

你可能已经听说了，2006年，整个纽约市将都在读《杀死一只知更鸟》。布鲁克林公共图书馆馆长邀请我五六月份来谈谈你和这本小说。我告诉他，我会讲讲小说的亚拉巴马背景（20世纪30年代的亚拉巴马州），以及小说在国内外的影响（主要从历史学家角度，我讨厌文学评论，也讨厌大多数读文学评论的人）。所以明年春天我会把车停在你纽约的住处，这将给你一个很好的借口，让你去门罗维尔或其他偏僻的地方待上一段时间。

真诚的

韦恩

2006年2月20日

亲爱的韦恩：

爱丽丝把她的餐厅变成了一个类似“得克萨斯州教科书仓库大楼”的地方，饭桌上是一叠马尼拉纸的信封，里面装的大多是买书刊广告的书和信件。有30封到60封来自可怜学生们的信，他们的老师命令他们给我写信，然后把他们的成果打包寄给了我。

在爱丽丝的命令下，我在离开纽约之前，一直在看这些书和信，令我非常高兴的是，我发现了你去年9月寄来的一封绝妙的信和一本不那么精彩的漫画书。

简直就像勃朗宁版本里的克罗克–哈里斯先生。我很抱歉这样说。

抱歉，从《卡波特》开始的瀑布般的邮件和《纽约时报》的那篇文章让我手足无措。

对不起，因为我只能说对不起，我没办法。

很抱歉，过了这么久才读到你的信。今年春天能在纽约见面，这让我感到非常兴奋。不，我是最后一个听到这些事的人——我无法想象那些老于世故、愤世嫉俗的纽约人读《杀死一只知更鸟》时，会带着怎么样不可思议的表情。你用历史，而不是用虚构的事或电视电影启发那些人是非常正确的。你很棒！你会给你的听众带来他们闻所未闻的素材，不要让我开始谈论可以获取即时信息的人群中普遍存在的无知。这是我们见面时你必须解释的事情之一。

我能看懂这本漫画书，这些人是从哪里得到这些奇怪的想法的？不过，我确实笑了，因为杜鲁门自己的很多操纵才能都被他利用了，仿佛是回来缠着他似的。我能听到他在抱怨："告诉他们这是真的。"

韦恩，如果你还没有记住和烧毁这些奥秘，那就再做一次：

东 82 街 433 号

纽约，10028

（212）744－066

我有一部手机，但不知道怎么接，只会用它给别人打电话。

请再次原谅！不要忘记我。

爱你的

内尔

2006年3月6日

亲爱的内尔：

就像给你写信时地址写为你的第二故乡纽约而不是真正的故乡门罗维尔一样痛苦（尽管我知道这是过分地爱管闲事），我会把这封信寄出去，罗伊·摩尔和他的手下在州内横行，我不确定这封信是否能从亚拉巴马州顺利寄到纽约。

我现在对布鲁克林图书馆不太满意。他们刚刚联系我说，“读布鲁克林”聚焦《杀死一只知更鸟》的项目被取消了，因为图书馆没有收到国家人文基金会的拨款。我打电话给卡普兰先生，告诉他如果他能启动这个计划，我会免费来（不需要补助金！）。他回答说，虽然很感激你的提议，但他不可能这样无耻地利用我。他计划明年重新申请补助金，希望能有更好的结果。我还是不明白为什么非要拨款来发起一场读书运动。我的儿媳妇们很失望，所以我打算无论如何都要来纽约，带她们去体验纽约的风情和刺激。今年夏天你会在吗?

虽然我拒绝观看奥斯卡颁奖典礼，但我很高兴霍夫曼赢得了最佳男主角奖。杜鲁门给他的亲戚们写信提到他读过你的手稿，并且非常喜欢。这会让你从那部电影和1959年7月那封信以后的无尽关注中，得到些许喘息的机会。国家公共广播电台主持人梅丽莎·布洛克上周打电话给我，向国家公共广播电台的听众们保证，杜鲁门的信确实解决了你是否真的写了那部小说的问题。你能相信吗？我给她讲了卡波特的自负和操纵能力，以及他因没赢得普利策奖或国家图书奖（我认为这是不幸的、不公平的），而对他人成功的嫉妒。我毫不怀疑，如果他写了《杀死一只知更鸟》，他肯定会为此邀功的。

但至少这封信结束了这场辩论。这对我来说是个好时机。作为新的在线《亚拉巴马州百科全书》的总编辑，我决定自己写一篇关于《杀死一只知更鸟》的文章，我将强调这部小说对我们这个时代做出的伟大贡献，即应该教给公众、个人，以及本地学校的民主价值观……我有没有告诉过你我儿子的事？在奥地利右翼自由党掌权时，我儿子在多瑙大学的导师让他帮忙教《杀死一只知更鸟》。（当时我儿子在奥地利一所高中教会话英语，他的妻子在多瑙大学做一年的富布赖特学者，主要研究罗马军团。）在维也纳的英文书店里，有一大堆英文版的《杀死一只知更鸟》，当顾客购买 10 本或 10 本以上时，有一个特别的折扣价。成为世界民主价值观的仲裁者感觉如何？

在你继续读那些仰慕你的亚拉巴马州学生的信之前，我还有一件事。当《二十世纪的亚拉巴马州》面世时，你给我写了一些关于这本书的亲切话语。你能允许我在平装本封面上引用那段话吗（出版社告诉我，平装本仍然卖得很好，他们没有立即推出精装本的计划）？如果你对此有任何保留，请告诉我。所有的评论都很精彩，出版社很容易就能找到另一个来源。我希望你能在纽约过得称心如意，并希望你再次来访。

真诚的

韦恩

2006 年 3 月 10 日

亲爱的韦恩：

1. 如果我的话对《二十世纪的亚拉巴马州》有帮助的话，你当然可以用。如果你觉得不够，可以加上你自己的一些，署我的名，我真的很喜欢那本书。

2. 你怎么向我收服务费呢？加利福尼亚的一个朋友，米拉比尔·迪克图，把你的采访储存在她的神奇机器里，并通过电话为我播放了！我还没来得及写信感谢你，你的来信就到了。（从奥本到门罗维尔要 4 天，从门罗维尔到纽约要 5 天。原因不止一个，我希望我们能抹去蒙哥马利，似乎所有的邮件都必须通过蒙哥马利。）在杜鲁门生命的最后几年里，他性格中的每一个负面因素都失控了，我听说，他确实声称自己写了《杀死一只知更鸟》的大部分内容！这是对一群无聊的听众的低语（很抱歉，在他喝醉的时候，他可能会无聊透顶）。我不知道你是否理解他，但他的强迫性说谎是这样的。如果你说："你知道肯尼迪遇刺吗？"他很容易回答："是的，我开的是他坐的那辆车。"我认为在他生命的最后几年里，他的痛苦是无法控制的。他痛恨一切与他作对的事。他给他所有的朋友留下了一张肮脏的小名片，杰拉尔德·克拉克在他的杜鲁门传记中确信它们都被送到了。两件事很容易浮现在我的脑海里。他可恶地声称我母亲曾试图杀了我（这是她因为爱他而得到的回报）；他借贝贝·佩利之口这样说斯利姆·海沃德：“斯利姆从来没有真正被重视过，不是吗？”杜鲁门和他的传记作者在性格上有一些相似之处。这些都是旨在伤害他人的无端中伤，对杜鲁门的传记来说并无必要。噢，好吧，这一切都归结于一件事：我是他的老朋友，我做了一件杜鲁门无法原谅的事——我写了一本很畅销的小说。（别管它的内容了，我怀疑他从来没有理解过里面的内容。）小说不仅卖掉了，而且在他生命的最后几年里还在卖。20多年来，他一直心怀嫉妒。这让我想到：

1. 如果《杀死一只知更鸟》能教奥地利人民主，那恐怕他们会去喝黑带波旁威士忌！不，我被这个消息震惊了，我不知道该说什么，除了感谢我的翻译。人们在这个故事中读到的东西或发现的东西真是令人难以置信。我最感激的是，我还活着，还有足够的理智去感激这些年所发生的一切。

2. 我同意你的观点，那就是为什么鼓励人们读书还需要资金，还拒绝像你这样重要的提议？这不是小事：亚拉巴马州（和南方现代）万物的权威人士，有如此天赋的演讲者免费提供服务——取消这个项目简直是疯了！韦恩，我们生活在一个充满怪人的时代，他们就住在布鲁克林。

3. 亲爱的朋友，如果你和你的儿媳妇们到城里来，我很遗憾地告诉你，你们必须自己玩。唉，我现在只适合午餐和晚餐，我再也看不见舞台上或艺术博物馆里的东西，也听不到任何东西。（有一件事是好的：我再也不用坐在教堂里听只有我一半年纪的牧师布道了。）那种事现在对我来说已经不存在了。但是，无论什么饭，哪怕是早餐，我都会欣然接受。

不过，也许等你到了这里，情况可能已经改变了：这里的眼科医生倾向于给我用阿瓦斯丁治疗。我将在星期三弄清楚到底是怎么回事。（也许他们会禁止打棒球、看歌剧、溜冰，反正我什么也看不见。）

啰嗦却感激的

内尔

* 当亨利五世说老男人记性不好，他忘了说老妇人：我敢肯定我已经让你的目光都集中在莫比尔眼科医生身上了。他们什么都不想做。我不知道纽约医生能不能帮我，但至少他会尽力的。

如果你表现得很好，下次威格利叔叔会告诉你我们俩第一次遇到的一件事（我确信）：我第二次去看第五大道眼科医生时，我得到了一个红薯派。

这就是影响力。

2006年3月22日

亲爱的内尔：

我非常喜欢你的来信。这仅仅是我的想象还是电子邮件用30秒的时间就完全摧毁了写信的艺术？我收到的大多数电子信件都患有严重的智力"腹泻"——没有任何实质的事物的混乱爆发。我怀念谢尔比·富特，部分原因是他是个脾气古怪、乖戾的老家伙，能把一个故事按照应该的方式讲出来，但主要原因是他能写出精彩的信件，而且和我一样，用自来水笔在纸上写书。亲爱的尤多拉·韦尔蒂和弗兰纳里·奥康纳（《生存的习惯》是我最喜欢的书之一）一样，也写了很多重要的信件……顺便说一句，我在米尔萨普斯学院的朋友苏珊娜·马尔斯为韦尔蒂小姐伸张正义了。她的新传记（《尤多拉·韦尔蒂：传记》）澄清了有关问题。安·沃尔登那本可怕的传记是杰拉尔德·克拉克版的韦尔蒂的生活[认识韦尔蒂小姐的人不会和她说话，所以她（沃尔登）只是用她丰富的想象力宣布韦尔蒂是个丑小鸭和女同性恋]。

我知道卡波特关于《杀死一只知更鸟》的地下活动。乔治·普林顿为杜鲁门·卡波特采访了珀尔·卡辛·贝尔。贝尔重复了典型的反哈珀·李的论点（如果她真的写了《杀死一只知更鸟》，那么她就会写其他的东西，等等）。她告诉普林顿，卡波特暗示他写了《杀死一只知更鸟》的大部分内容。

采访我的国家公共广播电台记者梅丽莎·布洛克……想做一个更大的故事。她不停地问我，我们（你和我）是否讨论过这个问题，我们是不是朋友，等等。我告诉她我们是熟人，没有谈过这件事，但我有自己的看法。根据普林顿在堪萨斯州对克利福德·霍普和哈罗德·拜伊的采访，以及杜鲁门疏远他遇到的每一个人的能力，我觉得你在《冷血》的最终完成的过程中扮演的角色比他在《杀死一只知更鸟》中扮演的角色更重要。她认为这肯定会引起轩然大波。但我解释说，杜鲁门书中的文学声音并不是你的声音，正如《杀死一只知更鸟》书中的声音也不是杜鲁门的声音一样。但是没有你平息堪萨斯风暴的能力，杜鲁门永远不会有那么多的采访机会……

正如我告诉梅丽莎·布洛克的那样，如果杜鲁门写了《杀死一只知更鸟》的任何一部分，他不仅会在鸡尾酒会上暗示这些指控，还会用时报广场的霓虹灯闪烁这一消息，尤其是在他迷茫的暮年。

顺便说一句，路易丝对克拉克的传记很生气，因为她说你妈妈想把你淹死，而且对杜鲁门的仁慈也不如你。这是我唯一一次真正感到愤怒。不用说，这都是我们之间的私人谈话。每次我讲《杀死一只知更鸟》时，我的妻子达蒂都会让我回顾我自己的发现，并将之与路易丝告诉我的而我不能说的东西相比较……

我希望你收到关于你眼睛的好消息。任何一个北方佬，只要能把红薯派送给病人，就得有一些罕见的见识。我的妻子达蒂患有帕金森病，所以当《圣经》命令我们要活下去时，我们知道那是什么意思。这一刻非常美好，我们为之欢欣鼓舞。

至于我们的纽约之行，无论有没有读书节，我们都决心要来……我们的儿子们娶了两个才华横溢的姐妹，两人都迫不及待地想看看纽约。当然，没有什么比带你去你最喜欢的餐厅更让我们高兴的了。达蒂的听力也有问题，所以我知道如何大声说话让别人听到。如果我们能聚聚，那将很隆重。如果聚不上，我们将代你享受纽约的乐趣……顺便说一句，我最大的遗憾之一是，当我 1992 年在米尔萨斯学院担任尤多拉·韦尔蒂学者时，我未能为你和韦尔蒂小姐安排一次会面。她真的很欣赏你的小说，很想更多地了解你，但遗憾的是，我们没能做到这一点。太糟糕了。你会喜欢她的。遗憾的是她没有你那样的判断力，不会对别人说不。她是如此平易近人，以至给她的身体带来了极大的不适和不便。所以我不想你这样。

好啦，我写的信比你写的长。如果你需要的话，我允许你在一两年内不回信。我今晚主要是写信告诉你……小哈珀·弗林特满两岁了。毫无疑问，小钢木兰已经在计划如何报复她的父母，搬回亚拉巴马州，和她的老祖父一起生活，并续写《杀死一只知更鸟》。

你的朋友而不是熟人

韦恩

当代传记，文学争议

在新书出版前的几个月里，记者、前英语教师查尔斯·希尔兹撰写的《内尔传》一直是李家通信和谈话的主要内容。内尔怒不可遏，抱怨说有许多不准确的地方。我并不同情这位作者，我也不是他的消息来源之一。考虑到她是多么坚决地保护自己的隐私，考虑到她的家人如何拒绝合作，考虑到她的朋友，包括我，如何拒绝与希尔兹交谈，错误是不可避免的。2006 年 6 月，这本书出版后，我主动提出采访内尔，请她写一段口述历史，她可以将其封存到死后，并将其存入自己选择的档案馆。40 多年来，我曾在多所大学教授一门口述历史课程，我知道，根据 1973 年版权法的规定，内尔所说的任何事情都是绝对安全的。我自愿为她的两个外甥埃德温和汉克·康纳效劳，因为他们比我更了解她的家族史。我解释说，如果她拒绝和任何人谈论她的生活，希尔兹的叙述就会变成她的传记，不管她喜欢与否。但她很坚定：没有一个在世的人应该成为传记的主题，尤其是她。

雷・沃特利牧师曾出现在希尔兹的书中，并在内尔的一封信中遭到批评，他曾短暂地在门罗维尔联合卫理公会教堂担任牧师。他显然告诉希尔兹，内尔的父亲解雇他是因为他的种族观点太过自由。内尔总是对别人对父亲的批评怒不可遏，但这种说法尤其令人痛心。她经常指责那些她几乎不认识的人，就像她在这里所做的一样，为了自己暂时出名而贬低她的父母、家人或朋友。九年后，在出版《设立守望者》引发争议期间，她对米尔斯和门罗维尔的一些居民感到愤怒，这些人声称她患有痴呆症，并被她的律师利用了。

内尔有一段友谊是和凯瑟琳・塔克・温德姆的。两位女士都是卫理公会教徒，就读于隶属于教派的亨廷顿学院，并成为作家。在废除种族隔离期间，温德姆在蒙哥马利市开始成为采访警方消息的记者，她可以说是那个时代最伟大的短篇小说家。因为到 2006 年她们两个都不能开车了，我们有时在她塞尔玛的家里接她，把她带到门罗维尔，她和内尔在那里给我们讲她们童年的故事，让我们笑好几个小时。

我寄给内尔一篇我们的儿子肖恩写的关于奥地利一次有争议的选举的文章。她显然已经对这个国家有了激烈的看法。

内尔在 7 月 12 日的信中提到的“学院会议”指的是亚拉巴马州荣誉学院的年度颁奖典礼（该学院声称招收了 100 名为该州做出最大贡献的公民），那年我当选了；内尔提到的另一位新成员雷吉娜・本杰明医生是一位杰出的非裔美国医生，当时她在莫比尔附近的小渔村巴尤·拉巴特尔为穷人开设诊所。她绝对不是学院派的典型成员，学院派倾向于支持富有、白人、有权势、政治关系良好的男性。如果没有内尔的支持，本杰明博士充其量也只能是一个希望渺茫的候选人。2009年，奥巴马总统任命本杰明为美国卫生局局长。

2006年3月28日

亲爱的韦恩：

耶！

1. 请让我知道你和儿媳妇们什么时候会到。我想你已经拿到我的电话号码了。我想知道你是否需要我去买票之类的，因为你不用离开你的笔记本电脑就可以很快地拿到票。

2. 你是写信的人，我的朋友。当更好的信写出来的时候，你就会写出来。

3. 我现在才发现，真不敢相信我的字又恢复到原来的大小了！我离那页纸还有2英寸[①]远，我斜着躺在床上，但我看那页纸的时候是斜着看的，而不是正对着。我希望这意味着从第一针阿瓦斯丁开始就有疗效啦！！我刚起床，在房间里闲逛

① 1英寸约合2.54厘米。——译注

（就在这间公寓里），但这个世界看起来和往常一样。这也许不会持续太久，但我对我能得到的一切都心存感激！

4. 现在你可能想读一下《约伯记》，与即将发生的事情做一个轻松的对比，如果我又犯了同样的错误，请原谅我，你知道的：

我很高兴弗林特一家能成为路易丝的朋友，因为听起来她给了你一幅我们的母亲和我们家庭生活的清晰画面。

那个给我写传记的家伙给我寄来了校样和一封表示不屑的信。他对我们的家庭和生活的描述——实际上我猜是他自己提供的信息——至少可以说是很奇怪的，又提到我们可怜的母亲。不是说她想淹死我，而是说她生活在现实的边缘地带。事实远非如此。

这只是开场白。我还没有读完这本书——这个奇迹似乎发生在我只能看清2英寸远的物体的视力上，我不认为它适用于一切——但我读的东西从小说变成了废话。首先，我想我的朋友们一直保持沉默，因此作者的资料来源于：（a）别有用心的人（雷·沃特利牧师，他认为我父亲解雇他是因为他在错误的时间做了自由主义者。他好像没想到，他被解雇，是因为他是一个糟糕的牧师，完全不适合担任牧师一职。他的职业生涯就是在桌子旁度过的，为他的主工作，做自己的养老金计划，并从事一份伟大的工作。（b）我童年早期的熟人。有些人我从未听说过，他们似乎想要暂时出名（例如，凯瑟琳·科布，住在我亨廷顿宿舍的一个人，她被我“糟糕的”语言和缺乏“最后的润色”冒犯。我想她只不过是一个熟人，她应该被写进书里）。

事实上，似乎是这样的——借用卡维尔先生对比尔的女性朋友的说法——他（希尔兹）只是试图借助互联网来“在这里短暂出名”而已。至少可以说，这种反应很奇怪。

现在，书中最令人担忧的事情是：他把我在纽约的地址乃至公寓号公开了！我唯一能确定的原因是纯粹的怨恨，对我朋友不合作的报复。虽然这本书有很多错误——超过两页，比如我在牛津的经历，年份是错误的，所有关于交换项目的记录都是错误的——但他还是很仔细地描述了我的社区、房子，以及如何到达那里。这是纯粹的怨恨。

现在来谈谈一些不同的但同样令人不快的事情。

（我无法释怀看到的东西！）让我来告诉你一件关于安·沃尔登写的韦尔蒂传记的小事（这只是给你看的，不必声张）。我认识安·沃尔登好几年了。从来不是亲密的（朋友），但有足够温暖的关系，每年见面一两次，这要感谢我们在亚拉巴马大学的共同的朋友约翰·拉斯金（她是他最喜欢的学生，我只是他的一个朋友）。她曾经写过一本关于霍丁·卡特的传记（当她发现他并不像她想象的那么自由时，她吓坏了），还有卡洛琳·戈登的传记（我认为这是个相当不错的作品）。她在收集素材时偶然发现了韦尔蒂。“但她还活着，你不能这样做！”我抗议道。我把我对活人的传记的看法告诉了她，但没有用。她无论如何都要做这件事。因为她在这方面是我的上司，我在新闻行业的上司，《纽约时报》的一名员工的遗孀，一位多产的作家，而我是一部小说的奇才，所以我闭上了嘴。再次见到她时，我问她情况如何。她让我得知她的主要消息来源几乎不存在。当它出版后，我没有读过它——我那时没读，也永远不会赞成全面的活人传记。我认为（也希望）评论家们对她不以为然，因为从那以后她就一直在写侦探小说。我好几年没见过她了。她住在普林斯顿。无论如何，她是我的女神，我很庆幸韦尔蒂有一本精彩的传记。我喜欢的另一本传记是《威廉·福克纳》。

韦恩，很抱歉事情拖了这么久，但这是你的错。我不知道是不是你内心的牧师激发了你的忏悔，但我想这是因为你就是你：你智商极高，有一颗平等的心，你是这个世界上罕见的人。

既然你已经完成了工作，试着哀悼吧。

爱你的

内尔

（续）

你应该休息一下。

凯瑟琳·温德姆（我希望你认识她）拥有能让死人咯咯笑出来的幽默，在昨天的信里，她就让我开怀大笑。她似乎收到了 87 岁的老朋友弗吉尼亚·麦克尼尔的来信。在亨廷顿她们是最好的朋友，在她们令人敬畏的英国教授罗达·埃里森的指挥下，弗吉尼亚最好的（也是最不朽的）作品是：

蒲公英，蒲公英
蹲矗在地上；
如果我是一只狗，
我愿做一只猎犬。

为了纪念这首诗，凯瑟琳每年都从她的草坪上摘下第一朵蒲公英送给弗吉尼亚。她今年的感谢信上写着：“你很出名，而我不是。我只有两件事出名：我写了一首诗，我被哈珀·李咬了。”

这是在一页信的最后说的。我苦思冥想，却找不到对此事的记忆。我是不是喝醉了？

原来不是这个时候咬的：有一年州议会开会时，我父母和其他家人没有在亚拉巴马州的红色公路上通勤，而是在蒙哥马利度过了整个夏天。在那里，他们的朋友麦克尼尔夫妇拜访了他们。大约10岁的弗吉尼亚，在大人来访的时候“照顾我”，显然，我突然毫无预兆地咬住了她的胳膊。那时我才7个月大，但我的牙齿已经足够让她记住一辈子了。这开启了我赤裸裸的“侵略”生涯。

亲爱的内尔：

纳完税了！为期九天的西雅图之行，与两岁的哈珀和五岁的达拉斯的重聚……结束了。

感谢你对沃尔登和有关韦尔蒂的作品的深刻理解。我崇拜苏珊娜·马尔斯，她关于韦尔蒂的传记太过晦涩难懂，但却富有深刻的见解，内容完整。

说到传记，我刚在从西雅图回来的飞机上读完了希尔兹写的你的传记。我了解许多事实，其中许多是根据路易丝的叙述得出的。更糟糕的是，他对亚拉巴马州和小说的背景几乎一无所知。在《卡波特》中扮演你的凯瑟琳·基纳来自北卡罗来纳州的一个家庭，她尊重你的隐私，并试图将对这些事实的了解运用到自己的角色中（或者至少她几分钟前在美国国家公共广播电台的《新鲜空气》节目中是这么说的）。相比之下，我不认为希尔兹了解你和你的家人（事实上，他让路易丝听起来像她抛弃了家人，让爱丽丝听起来像守卫李哨所的海军中士）。

但最糟糕的是，他的传记文字平淡无奇。他的作品没有诗意。一句难忘的话也没有。他的散文写得并不流畅。就像在棒球比赛的第一局，你的第一个传记作者被三振出局。

你想过做口述历史吗？ 1948 年，艾伦·内文斯在哥伦比亚大学创立了这门分支学科。当时，他在《纽约时报》的一份讣告中指出，有多少曾经拥有过非凡影响力的人，在没有历史遗产的情况下死去。于是他开始采访他们。结果是哥伦比亚大学收藏了世界上最多的口述历史……对于接受采访的人来说很简单，不需要做任何准备，但是对于采访者来说非常困难，为了问出合适的问题，他们必须研究整个生活。

最重要的是，书面文字记录和录音带受到1973年版权法的严格管制（后来修改得更加严格），版权法将文字记录和录音带视为两个人共同创作的音乐作品，一个人写乐谱，另一个人写歌词。采访者和被采访者都必须签署一份正式的法律文件（我将该文件分发给奥本大学的律师以确保其具有约束力）。双方都可以要求对他们的文字记录和录音带施加任何限制。例如，我在采访者和被采访者的有生之年封存了一些采访内容（这是很常见的）。档案管理员将密封件视为绝对真实机密（事实上，由于一位加拿大档案管理员没有正确地密封口述历史，原告赢得了一百万美元的和解金。这是我听过的那种错误的唯一案例）。你认识的人中一定有很多人可以对你进行采访，我可以寄一份法律表格给你。我知道桑福德、奥本、亨廷顿、亚拉巴马大学、亚拉巴马州档案馆、哥伦比亚大学，或者任何有专业档案管理员和安全可靠的档案库的地方，都可以保存口述历史，直到你指定它可以被使用。这样你就可以用自己的语言讲述自己的故事，并准确地将核心元素提供给未来的传记作家，他既精通研究又有能力写出体现你一生价值的作品。甚至你的一个侄子都可能是采访者的合适人选。他们找到的档案可以提供合法的形式。但是，如果没有签字和法律文件，不要把文字记录或录音带交给任何档案机构。

也许我对传记的看法有些过时了。但我仍然认为，一个人应该首先选择讲述自己的故事。

达蒂和我下周将和我们在香港的好朋友一起去苏格兰和爱尔兰……我们将纵情于一些肤浅的家庭关系和严肃的度假……

真诚的

韦恩

2006年6月24日

亲爱的内尔：

我们常常想到你在苏格兰和爱尔兰。尽管我知道你既是历史学家又是小说家，但我一直在想象你在卡洛登战役时的情景，或与沃尔特·斯科特爵士在边境上的情景，从罗伯特·布鲁斯和威廉·华莱士的历史片段中创造出19世纪的苏格兰民族主义……

当然，在爱尔兰，叶芝、辛格、乔伊斯等人无处不在。那萦绕心头、令人激动、令人惊叹、提升生活品质的音乐也是如此。

约翰·麦克拉肯、爱德华·邦廷和其他收藏家在18世纪晚期开始录制唱片，梅奥公司对他们和爱尔兰的影响，就像萨姆特公司对鲁比·皮肯斯·塔特、约翰和艾伦·洛马克斯以及美国民间音乐的影响一样。这是一个我们永远不会忘记的美妙的夜晚。我希望你能和我们分享这一刻。

真诚的

韦恩

2006 年 7 月 7 日

亲爱的内尔：

这两件东西是我儿子肖恩在奥地利克雷姆斯教英语会话时送给你的。洛格·海德尔和右翼自由党赢得了政府的控制权，导致美国人对海德尔和奥地利人进行了大量的批评，肖恩动用《杀死一只知更鸟》恳求美国人对海德尔采取一种更微妙的排斥态度，而不是像典型的美国人那样对不同的文化说三道四。这是他的两次努力（第一次在《今日美国》，第二次在《伯明翰新闻》）。

顺便说一句，我很喜欢你的《亲爱的奥普拉》那封信（一篇刊登在《奥普拉》杂志上的文章）。它把我带回 20 世纪 50 年代中期的安尼斯顿。尽管我父亲每天都忠实地阅读《安尼斯顿星报》，但我的家人不怎么读书。为了买书，我去了卡内基图书馆，那里有很多壮观的鸟类标本，从书架上往下看，就好像希区柯克的一部奇异电影失控了，落在了安尼斯顿……我想知道在我十几岁的时候，有多少大学生把他们对阅读的热爱归功于苏格兰移民和慈善资本家卡内基？

2006年7月12日

我亲爱的韦恩：

你无疑是那个时代一门行将消亡的艺术的最重要的实践者之一；我希望你的信，即使不是装在精装的封皮里，也会永远保存在某种天上的计算机里，供全人类下载。我怀着敬畏和感激的心情阅读它们。

爱丽丝把你解析的希尔兹先生的作品拿出来了，不让我拿回去；我有你在英国和爱尔兰旅行的记录，我不会让她知道的。特别谢谢你，韦恩。就像我又回到了那个我再也回不去了的地方。你的经历如此生动地为我把它保存下来了。你是一个宝藏。

我得说你的孩子并不笨。肖恩在描述他在奥地利的经历时，完全体现了他父亲对文字的娴熟运用，他对世界也展现了类似的敏锐洞察力，这使得他的作品引人入胜。韦恩，他很会写作。

另一个原因是，我很高兴你把肖恩的文章发给我，它驱散了我对奥地利的感觉，因为以下的事件。

大约15年前，我的一个朋友要求我“优待”一个年轻的

（大约 30 岁）奥地利人，他有点上层阶级的关系，要在城里待一个月。我照做了。在一次市中心之旅中，我们在洛克菲勒中心停下来休息，“塔斯社”（绰号）指着滑冰场周围的各种国旗说：“我没想到那里有我们的国旗。”“为什么呢？”我问。“因为洛克菲勒家族是犹太人。”我说据我掌握的最新资料，他们是浸信会教徒。“哦，不，是和其他人一样的犹太人。”其他人，就像安德鲁·卡内基、科利斯·P. 亨廷顿、约翰·雅各布·阿斯特、约翰·皮尔庞特·摩根这样开创了美国的犹太人？我问：“还有亨利·克莱·弗里克，是吗？”“是的，所有的犹太人。”这是一个受过教育的年轻人。我没有追究这件事，因为我知道试图说服他是徒劳的。我相信这只是个个例……“三 K 党有自己的观点”，但它让我对他的国家产生了一种非理性的不安感。他们没有改变吗？肖恩的“碎片”驱散了它，感谢上帝。

我真的希望能在学院会议上与你和你的伙伴一起！我可能不得不紧挨着本杰明博士，我支持了他的提名，但我也会穿过你的崇拜者人群，至少打声招呼。（我本来会附议你的提名，但你已经被提名了！）

爱你的

内尔

继承与变革

作为在线的《亚拉巴马州百科全书》的创始编辑，我委托编辑了几篇关于内尔和《杀死一只知更鸟》的文章。我求助于南希·安德森，她是奥本大学的英语教授，对南方文学有着特殊的兴趣。她对内尔的职业生涯的了解甚是广博。我把那篇关于《杀死一只知更鸟》的文章留给了自己。现在我已经写完了这篇文章，带着恐惧和战栗，我寄了一份草稿给内尔，让她评论。

我们的通信还包括她对20世纪60年代开始管理亚拉巴马荣誉学院的“白人老好人俱乐部”的坦率看法。1999年，亚拉巴马州最负盛名的律师事务所德高望重的合伙人汤姆·卡鲁瑟斯成为该俱乐部主席。他把学院的大门打开，让变革之风吹进该州的政治版图。由于每一类入选者都更接近于亚拉巴马州的实际人口状况（包括哈珀·李和凯瑟琳·塔克·温德姆等女性），他们反过来选举出了越来越多样化的成员。2006年8月，我应邀代表新入选者发表演讲，更重要的是，这让我有机会向内尔介绍我的儿孙们。

同年8月，我在标志性的“三角洲女王”号轮船上向90名乘客发表了演讲。我开始谈论内尔时，问了几个来自南方的乘客有多少人读过《杀死一只知更鸟》，几乎所有人都读过。然后我问有多少人读过詹姆斯·乔伊斯的《尤利西斯》，两三个人举起了手。

那年秋天，内尔在门罗维尔待了比平时更长的时间，接受了伯明翰誓言基金会的表彰，并观看了费尔菲尔德高中和山溪高中联合上演的舞台剧《杀死一只知更鸟》。该基金会的创始人詹姆斯·E. 罗奇请我在颁奖典礼上介绍她，她的数千名仰慕者将出席颁奖典礼。引言《阿提克斯对我们自己的看法》，借鉴了我为《亚拉巴马州百科全书》所写的文章，内尔对它的仔细审视和批判，我自己对《圣经》和神学著作的阅读，以及我对社会正义事业的终身参与。

几周后我收到了内尔的信，她在信中回应了我对她的介绍，透露了她对一些很重要的话题的一些想法。首先是她一生对纽约的热爱，以及她对知识和文学的好奇心。

其次是内尔的宗教信仰。尽管她蔑视我的浸信会牧师身份和宗教信仰，尽管李家对宗教很忠诚，她自己对英国小说家和基督教辩护律师克利夫·史戴普·刘易斯的作品也很尊重，她还是要求我在她死后发表悼词。她特别指出，悼词应该完全围绕她的小说，以及它所传达的持久的道德价值观。关于她的个人或私人生活，什么也别说。她十分坚持这一点，所以她指示我把一份《阿提克斯对我们自己的看法》交给爱丽丝保管和实施。为了保险起见，我也给埃德和汉克·康纳寄了几份，严格地转达了她的指示，如果我死了或不能读的话，就照我写的读。

当内尔提到“麦克斯韦·帕金斯之后最伟大的编辑”时，她把我的妻子达蒂与著名的斯克里布纳出版社编辑帕金斯相提并论，达蒂是基督教圣徒兼弗林特家族总编辑。帕金斯曾与托马斯·沃尔夫、欧内斯特·海明威和弗朗西斯·菲茨杰拉德合作过。而我的妻子只编辑了我的《阿提克斯对我们自己的看法》的草稿，并在批评我的作品时毫不留情。

本章的最后一封信是爱丽丝·李写的，她写这封信是为了感谢我们送给她的玫瑰，在 2006 年亚拉巴马漫长的生长期结束时，我们从 77 丛玫瑰中精心采摘了一束玫瑰，并在 12 月 2 日拜访时把它们送给了爱丽丝。

2006 年 7 月 24 日

亲爱的内尔：

我们都很高兴你计划 8 月 21 日来蒙哥马利。里贾娜·本杰明博士就是这样一个鼓舞人心的人：她永远不会忘记自己来自哪里，也不会忘记那些似乎被遗忘的人。荣誉学院对她的认可，标志着这个州自20世纪60年代将入选该学院作为一种表彰保守的白人男性的方式以来已经取得了多大的进步。

随信附上我关于《杀死一只知更鸟》的文章，这篇文章将在2007年12月上线时被收入《亚拉巴马州百科全书》。我尽力确保故事的正确性，但如果你发现明显的错误，请告诉我。我讨厌写百科全书条目：标准化的形式，浮夸的行文，一切都被删节和过度简化。但是上一本关于亚拉巴马州的百科全书（作者是托马斯·麦克多莉和玛丽·班克海德·欧文）出现在20世纪20年代早期，所以现在是更新的时候了。你读完后就把信封里的文章寄回来。

自从我退休后，人文基金会的人坚持认为我是唯一一个能被指望集资来完成这个项目的人。我们现在已经筹集了150多万美元，有一个由奥本大学资助的总部，已经招募了一批优秀的员工，已经委托来自世界各地的学者撰写了500多篇文章，并将于明年12月启动我们的项目。作为总编辑，我行使了自己的巨大权力，抢先发表了几篇文章（关于亚拉巴马州概况的文章，关于贫困白人的文章，以及关于《杀死一只知更鸟》的文章）。伯特·希区柯克（奥本大学）和南希·安德森（奥本大学蒙哥马利分校）写了一篇关于你的文章……

在电子版的《亚拉巴马州百科全书》上线后，我确信亚拉巴马大学出版社将会用最好的纸进行印刷出版。坦率地说，我对电子衍生信息的关注太少，以至于我会依赖印刷媒体。但我知道我的方式不是未来的潮流。很讽刺的是，作为对电脑知之甚少、讨厌电子邮件的人，我竟然是总编辑。但至少我招募了一批了解技术的杰出人士……

我预测《杀死一只知更鸟》将是最常被引用的条目之一，所以我希望它是准确的。

韦恩

2006年7月31日

亲爱的韦恩：

你的信很精彩，我很少用这个词，但对你写的任何东西都适用。

多好的项目啊！这听起来绝对是一流的概念，在我看来，你做了大部分的工作。你已经退休了，这对亚拉巴马州来说是多么幸运啊！你的退休生活就像其他人的全部事业，有你全速前进，我们真的很幸运。

万岁！

我在条目上记下了一些关于我的小事情，我在原稿上用铅笔标出了1，2……，在附页上写出了具体内容。如果有些评论看起来尖酸刻薄，那其实并不是。只是年老、46年的谣言、学术假设和暴躁的脾气激发了它们。

我很期待在蒙哥马利见到弗林特家族！这是唯一令我感到兴奋的事情！（你很快就会发现，亚拉巴马州那100个人有时会是一群令人厌烦的人，尤其是前州长们，他们在会上侃侃而谈，说自己的成就，或者世界上最成功的房地产大亨讲述他是如何成功的。）

我听说现任主席汤姆·卡鲁瑟斯是那个给学院带来启示的人，即建议将女性、学者和超级公民包括在内，更不用说作家和艺术界人士了。在此之前，除了一个例外（内尔·兰金。一切出色人物的代表——女性、艺术家、好公民等等，在20世纪70年代被选举出来，一直到20世纪90年代都是如此！），其他成员都是由希望自己的祖父是共和党人的男性组成的。汤姆使这个组织“陷入了”目前这种“可悲的”境地：我们接纳了一个贫穷的黑人妇女，她在一辆小货车上工作；还有一个来自奥本的老教授，他除了写修正主义历史之外什么也没做，我本想提名他的，但凯瑟琳·温德姆抢先了一步。

爱你的

内尔

1. 我很高兴尽管有这些缺点，但人们还是喜欢它。我想知道，如果因为阿提克斯是个私生子，《杀死一只知更鸟》就变得复杂、刻薄、无情、在种族问题上没有家长式作风，他们会做何反应。《杀死一只知更鸟》将会得到评论界的高度赞扬（不管怎样，它确实做到了），而且不会有第二次印刷，但是我满足于高高在上的观点和仅仅是受欢迎的程度。

2. “……故事可能是基于……”故事不是基于斯科茨博罗案或沃尔特·利特事件。因为这两件事的发生与《杀死一只知更鸟》的背景时间相同，所以“哈珀·李一定在想……”是一种深受学者喜爱的推测。

3.《杀死一只知更鸟》不是由一系列短篇小说组成的。它起源于一篇短篇小说。

4. 这部小说在第一年售出了 250 万册……这是错得离谱的。我喜欢“……还获得了 1961 年普利策奖”！

5. 我很高兴尽管现代图书馆列出了 100 本最伟大的小说而《杀死一只知更鸟》不在清单里，但公众还是接受了它。

6. 把“以亚拉巴马州门罗维尔为背景”，写成“亚拉巴马州小镇”。《杀死一只知更鸟》的流行使得门罗维尔的人们声称自己只得到最不重要的角色。如果《杀死一只知更鸟》只卖了 2 000 本，我就敢于回家了！

2006年8月25日

亲爱的内尔：

我无法表达我是多么感激你对我家人一贯的亲切关怀。他们都被贵妇人迷住了，至今仍以近乎神秘的方式谈论那次经历。当我注意到很多人对你的关注时，我开始明白为什么你会如此坚决地保护自己的隐私。

我答应过给你寄一份我的讲稿，所以我寄了。我期待着13号在伯明翰见到你。詹姆斯·罗奇邀请了在费尔菲尔德高中和山溪高中表演《杀死一只知更鸟》的演员来参加典礼，他们很高兴有机会见到你。卫理公会教徒宣称自己是圣徒吗？如果是这样，你可能已经在路上了。

韦恩

2006年9月8日

亲爱的韦恩：

这里还有一些事情要感谢你。

1. 我刚刚收到一封信，是关于“三角洲女王”号上那些幸运乘客的，我多么希望自己能够成为他们中的一员啊！（在我回家的时候，也就是在你的信到达纽约的时候，我的信被转寄到了门罗维尔的邻居那里，我去意大利度假了一个月。）在我看来，在这些水道上漫步，并由韦恩·弗林特指导，就是在完美中度过时光——多么丰富的历史啊，多么高超的阐释者啊！我有点希望你没有告诉我我错过了什么。

我很高兴我的吹毛求疵没有造成任何冒犯——我的简历在你手里是安全的；别理我的吹毛求疵，只要改正错误就行了——有几处是随时间而记不清的。我相信你不会像希尔兹先生那样认为我会对此怀恨于心。

2. 我一直期待着能与你和你的家人共度几个小时。但是终究没有实现，我也不奢望更多。我从一开始就被温和地限制住了，从档案馆开始一直到学院会议，然后不得不悄悄地回到黛布拉·威尔金斯给我安排的座位上，而不是和弗林特家待在一起。不要认为我是故意避开你，因为我也没想到是这样的安排。

我一眼就看出，哈珀·弗林特是个聪明、活泼的小女孩，假小子，爱拉帮结派，各方面都令人满意。她的名字让我很高兴。而且长得很漂亮，不像另一个哈珀。她的父母、祖母和叔叔看上去都那么聪明迷人，所以我真的想挣脱束缚，和你们坐在一起，当然，我做不到。

3. 凯瑟琳·温德姆被邀请参加今年的丰收节，因为她提名你为学院的会员，并为你戴上了大地的果实。在场有两个想知道为什么的人，在听了你的讲演之后就变得毫无疑问了。在五年的新会员演讲中，其中包括凯西·兰德尔三年前的席位竞选演说，你的演讲是我听过的最令人印象深刻的。韦恩，你很神奇。学院感谢您的光临。有你在，亚拉巴马才是最棒的。慢慢地，我认为我们正从伯明翰房地产大亨转变为所有职业中最优秀的人，你的当选将我们的努力带入了一个新的和成功的时刻：大学校长，是的，历史教授，嘿，这个家伙弗林特真的会说我们的语言！他明白历史就是美元和美分！他告诉我们，如果我们是更好的公民，我们可以赚更多的钱！我们再找一个教授来！

当然，这里的危险在于，找不到其他任何一位教授能像我们拥有的这位，南方只有一位无法复制的、集智慧与仁慈于一身的人，这是非常罕见的，而我很幸运周三能和他会面。

爱你的

内尔

我又有了一盏新灯！它有一种蓝色的，就像杰克逊发出的光。它能让我将字写小一点。

2006 年 9 月 17 日

亲爱的内尔：

好吧，你确实为来自费尔菲尔德高中和山溪高中的 50 名学生提前过了圣诞节。作为一个以“冷漠”和“羞怯”著称的女人，你却表现得非常热情、善良、大方和善于交际。那些刻板印象到此为止吧！……我知道他们一想到要见到你，心里是多么激动，我想那天晚上他们谁也没有睡多少觉。

我很抱歉，组织者们让你们忙活了一整天，但至少你们看到了亚拉巴马州 25 年前并不存在的一面：决心正视我们的历史，并争取从中吸取经验教训。如果我们这一代不能迎接变革的挑战，也许那些年轻人和他们这一代可以。

我可以在 11 月感恩节后和肖恩、香农一起去门罗维尔，或者在圣诞节前后和他们来自西雅图的兄弟姐妹一起去。我们决定做一次短暂的拜访，不要引起骚动，早点离开。所以告诉我什么时候去最合适……

随函附上我星期三晚上的演讲稿。（参见第 11 页。）

真诚的

韦恩

作家塑造自己的身份

在我作为教师、历史学家、演说家和作家的职业生涯中，我经历了许多最后期限、不切实际的期望和压力。但没有一个能与2006年9月13日的事件相提并论。当伯明翰誓言基金会的创始人詹姆斯·罗奇请我在表彰内尔为种族和解所做的毕生努力的仪式上向她致敬时，我没有考虑后果就接受了：数千名内尔的崇拜者挤满了礼堂；四十来个州里最优秀的年轻演员，既期待自己的演出，也期待我的演讲，只需要二十分钟，他们就可以把一部小说的片断演得活灵活现。在接下来的几个月里，我们之间的家庭友谊不断加深，包括去门罗维尔的爱丽丝家度假，以及去她们母亲的芬奇堡农场的家。

在她的信中，她要求我为她的追悼会保留一篇文章并当作悼词，还有一个不同寻常的浪漫请求：如果她死在纽约，就把她的骨灰撒在曼哈顿上空。尽管我从未以询问的方式侵犯过她的隐私，但我一直怀疑，她在一封信中表达的愿望——死在城市里，让她的骨灰随风飘散在曼哈顿的四方——是受到作家达蒙·鲁尼恩不寻常的葬礼安排的启发。达蒙·鲁尼恩去世于 1946 年，他的遗体被火化，根据他的指示，一架由一战英雄埃迪·里肯巴克驾驶的 DC-3 飞机（非法）将他的骨灰撒向曼哈顿上空。1949 年，一位追逐文学梦想的女性从亚拉巴马州的门罗维尔来到这座城市。内尔热爱曼哈顿，并与鲁尼恩产生了共鸣。鲁尼恩是一名记者，也是短篇小说作家。在他的新家，他向内尔也喜爱的这个世界表示祝贺：百老汇，棒球，赌博，饮酒，写作，生活在美国最激动人心的文学文化中，从美国小镇的限制中解放出来。

其中一个限制与食物有关。一有机会，内尔就会拿门罗维尔的菜品开玩笑，她经常夸张地警告我们不要期待一顿像样的饭。据内尔说，镇上在周一、周六、周日或其他任何一天都没有令人满意的食物。

2006 年 9 月 26 日

亲爱的韦恩：

请保存《阿提克斯对我们自己的看法》，因为如果我死在门罗维尔，我希望你在我的追悼会上读它。（如果你不在，别人将读它。）加上赞美诗《上帝是我的牧羊人》克里蒙德曲调（一首传统赞美诗歌词的较老的音乐背景），这样就可以了。

如果我死在纽约，将没有仪式，我的骨灰会毫不客气地撒到曼哈顿的四方。

你相信吗？我的保镖把我带走了，就像我是躲避机关枪的阿尔·卡彭一样！所以我没有机会告诉你和麦克斯韦·帕金斯之后最伟大的编辑（达蒂），我无法表达对你们的感谢，你以最优美的声音温柔地表达了仁爱、理解、慷慨和天赋。真的，这次我坐得很近，听得真真切切！

我没有意识到《伯明翰新闻》对印刷版新闻的衰落做出了如此大的贡献——从第二天的报道来看，你会认为除了两所学校的出现之外，什么都没有发生。颁奖典礼的报道如此之少，真令人心烦。他们错过了有史以来最伟大的演讲，也错过了观众的反应。听起来好像奥本今年已经踩了亚拉巴马的脚。报道的缺失使我怀疑记者是否在场。

还有一点需要注意：极度的恐慌让我变得迷人而亲切。我被这些事情吓坏了，如果我能在不暴露笑容背后的白痴的情况下挺过这一切，我就能成为任何我被要求成为的人。每一次，我都说这是最后一次获奖，不管是荣誉还是其他奖项，每一次我都说这是我度过的最好的一个星期。（现在我奉行一个自我中心的咒语：我比这里的任何人都老，我知道的比这里的任何人都多，那么我为什么要害怕这里的任何人呢？这大约能奏效 15 分钟。）

感恩节后去拜访你们怎么样？我想从 11 月 28 日（星期二）到 12 月 3 日，我们的日程表上没有医生的预约。爱丽丝的预约还没有取消。我建议 11 月底或 12 月初，因为临近圣诞节的时候，这里的情况会变得很奇怪——你可能认为我们年纪太大了，不适合过圣诞节，但不知怎么的，在我们被拉到盖恩斯维尔（今年 23 日—29 日）过圣诞节之前，一切都是疯狂的。

如果路易丝还没有说的话，我可以提醒你一件事吗？爱丽丝既不知道也不关心家务。（如果有人给她一张照片，她会把它拍在墙上，或者把它支在什么地方。）她唯一关心的是一把舒适的椅子、一盏好的阅读灯和足够的书籍及杂志。她有了这些东西，你们就自便吧。

因此，我得提醒你，我们非常期待弗林特家的到来，你们将开启一段“艰苦”的旅程。你们将得到极大的温暖和热情，但舒适度会欠缺一点。我们会尽量用鲶鱼来弥补这一点，在门罗维尔你只能吃这个了。（不要在星期一或星期六来。没有东西可吃。）

爱你们两个

内尔

*请原谅我的双关语：我对此是非常认真的，我已经告诉爱丽丝我的愿望是这样的，她肯定会比我活得长。你是我唯一想要的牧师。

2006年10月10日

亲爱的内尔：

我希望你不要期待我在近期内为你致悼词。我会这样做吗？当然可以。我怎么能拒绝你和路易丝呢？如果爱丽丝真的像你说的那么不拘小节，我们也会爱她的。我们坚持的原则是，一个整洁的家是思想上懒散的标志，因为没有更好的事情可做或可了解。尤多拉·韦尔蒂的房子里只有她和她的猫、几把椅子、几瓶波旁威士忌和苏格兰威士忌，还有一摞书。如果我相信异教徒会理解的话，我甚至会来纽约读《阿提克斯对我们自己的看法》（这样你的灵魂就可以在曼哈顿和大都会体育场的风中快乐地飘荡）。至于我们面对的《伯明翰新闻》，赞同的声音总是出现在改变发生后的一代人中。只要你相信我关于《杀死一只知更鸟》说的是对的，我才不在乎别人怎么想。观众肯定理解了我的观点，并对你和你的书大加赞赏……

我附上了伯明翰大学医院眼科手术的信息，以防你没有看到。

真诚的

韦恩

2006年11月11日

亲爱的韦恩：

弗林特一家在12月2日（星期六）来拜访怎么样？我想那比12月3日要好，因为我们将有两次机会共进午餐，而不是周日只能去那一家像样的餐厅，当然那里会挤满人。我如此及时地回复了你的上一封来信，因为我们真的很期待和你、达蒂还有你们可能带来的子孙们在一起。如果12月2日可以的话请告诉我们，我会尽量把杂志和报纸放在客厅里。

第二天早上，在伯明翰的宣誓仪式之后，我读了《伯明翰新闻》的报道，想知道是否有记者在场。一切都是关于我和我在没完没了的招待会上遇到的费尔菲尔德高中与山溪高中的孩子们。这条新闻把颁奖典礼缩短为两句话，我感到困惑，但一点也不恼火。一段时间后，詹姆斯·罗奇告诉我，编辑拒绝不做大幅度的修改就发表你的演说。那人极其小气，更不必说他的无知了。他刚刚拒绝了一篇关于作家创作小说的动机和意图的最伟大的文章之一。它的分析和小说一样精彩！

我很害怕写这篇文章，因为在盖恩斯维尔，事情可能会恢复（正常），但是关于路易丝的消息让我们搭上了顺风车，这是两年来的第一次：她的孩子们说她正在对事情做出反应，实际上她读了一些东西，现在似乎还记得很久以前的事情，令人惊讶的是，甚至还笑了几次。有一次，当她听说埃德娜·鲁迪希尔（我们的“小福克”）的死亡（她没有笑）时，她得知鲁迪希尔留下了最后一本《福克家庭食谱》。维齐笑了。她说：“大家都知道福克家的人不会做饭。”我们很珍惜这句话，因为当时她的记忆完全正确。当她黑暗的世界里有一丝光亮时，那么一点点就意味着很多。为她祈祷吧，记住她多年来一直是浸信会教徒：非常感谢你的影响。

请让我们知道弗林特一家能不能 12 月 2 日来，什么时候来，我们期待着你的回复。

致敬

内尔

2006 年 11 月 15 日

嗨：

刚收到你 11 月 14 日的信。如果你们准备挨饿的话，12 月 3 日对我们来说也很好。1：30 到达意味着门罗维尔的所有东西都会被吃掉。星期天不能吃鲶鱼，而且我们的小镇太小了，卫理公会教徒和浸信会教徒在礼拜后轮班倒着吃。所以食物往往会在 12：30 之前吃完。请来吧，但后果自负。

我写信给你，建议 12 月 2 日，因为这个城市会有两个不错的选择，但由于门罗维尔的邮局的情况就像刚果一样（上周一，直到下午 4：30 窗口关闭，才有人把邮件放进邮政信箱，因为那天只有一个人来！你能相信吗？），我怀疑你能否在 14 日来信之前收到。

你的信表明你在旅行。我希望你在讲课，并收取巨额费用。

致敬

内尔

2006年11月21日

韦恩：

周六上午10：30怎么样？我们感到如释重负，因为门罗维尔的星期天与芬奇堡的星期天差不多。正如我所指出的，除此之外，你将禁食一天，或与爱丽丝共享一顿迟来的早餐，早餐包括一粒降压药、一杯橙汁和一根乳酪酥条。

伯明翰的孩子们会被我们吓坏的，不仅是因为我们狂野的邋遢（你还太小，不记得科利尔兄弟），而且因为我们对装饰完全漠不关心。

在这所房子里，你会见到一个真正谦虚的人。当我把你的信给她看时，她说："他们来的时候，我是不是该退居幕后？"她确实没有意识到你去看她的次数比去看我的次数多，你已经通过路易丝认识她了，这是一个家庭访问，不是双方的呆望。

她敏锐地意识到沟通是困难的，但她很感激那些不怕麻烦、与她交谈的人。我们的朋友乐于这样做而且他们得到了回报。其实，她比我们所有人加起来还要聪明。

好吧，你将看到我们的缺点和全部。茱莉亚（为我们工作的人）为保护一朵暗淡的花不受哈里的伤害而竖起了一道奇怪的小栅栏，哈里是个朴素的庭院工人，他为爱丽丝工作是因为没有别人会雇用他。无论如何，来看我们！

向你们致敬

内尔

巴奈特、巴格、李 & 卡特有限责任公司法律顾问处

2006 年 12 月 11 日

韦恩·弗林特博士和夫人
便士巷 1224 号
奥本，亚拉巴马州 36830

亲爱的多蒂（原文如此[①]）和韦恩：

当我给你们送的可爱的粉红玫瑰换水保鲜时，我想起了我姐姐路易丝生活中的一件事。你们是两个儿子的父母，如果你们之前没有听说过这个故事，可能会觉得好笑。

路易丝曾经下定决心种玫瑰。她在院子里准备了一个花床，里面栽种了十二株健康的玫瑰。过了不久，她回到家里，惊奇地发现所有的玫瑰都被移走了。她问她六岁的小儿子，很快得到了答案："我把它们给了本吉，因为他家里没有玫瑰。"本吉是他的黑人玩伴，住在不远处。就这样，路易丝在玫瑰文化上的努力结束了。

你来之后，我给路易丝发了一份传真，由她儿子汉克转交。他把传真来的信读给他母亲听，看是否能触发一丁点认

① 爱丽丝和内尔有时会在信中将"达蒂"称为"多蒂"，原文如此，后面不再另行说明。——译注

知。结果没有回应。这就是目前的状况。

你们的来访是值得珍惜的，即使内尔·哈珀住在城里，我也希望你们能常来。我想要肖恩和香农的地址。

我期待收到门罗的消息。也许你们可以带孩子们来。

你在这儿的时候，我们旁边院子里的那台巨大的树木切割机终于把那棵向房子方向倾斜的很高的橡树和它上面的一根很大的树枝都锯倒了。树干是空的，所以当我们朝那个方向看时，松了一口气。下一个“伊凡”飓风或“卡特里娜”飓风可能会指向我们，而不是它现在指的方向。

还有一件事：昨天晚上，一位邻居给我们带了些吃的东西，这对我和内尔来说是全新的体验。那是一个玉米面馅饼！你吃过吗？很好吃。

圣诞快乐！

此致

爱丽丝

中风后被迫回家

2007 年 1 月，我建议重新选举爱丽丝进入亚拉巴马州荣誉学院。内尔是一位精明的谋士，她调查了前一年会员的死亡人数，得出的结论是我们成功的机会很小。此外，她的姐姐没有把她的生命投入华而不实的领导角色中，而是“默默地、谦虚地为人类服务，不考虑得到认可或回报”。五年后，学院成员明智地选举了这位全国最年长的执业律师和该州最优秀的人之一。

爱丽丝的信结合了对南部联盟祖先和亚拉巴马州历史的喜爱，对传记作家查尔斯·希尔兹的厌恶，以及对姐妹们日益恶化的健康状况的担忧。随着时间的推移，她为自己失去视力和听力感到更加遗憾，尤其是她无法再聆听圣歌和古典音乐。尽管如此，她还是坚忍地发誓要为未来而活（即使是在 96 岁的时候），而不是沉湎于回忆。

2007 年 4 月，在从门罗维尔返回纽约市后不久，内尔突发中风，被送往西奈山医院，部分身体瘫痪。几周后她乘火车离开纽约，前往伯明翰郊区霍姆伍德的莱克肖尔康复中心。霍姆伍德离我们在奥本的家不到两个小时的车程，所以在这段时间里，我们和内尔的友谊从通信暂时过渡到了面对面的拜访。知道她局部瘫痪的那一小群人决心保守这个秘密，多年来我们都是这样做的。一开始，我们感觉就像试图潜入五角大楼的窥探者。使用假名字，有好几个人在监视我们，还有一种近乎滑稽的保密气氛。过了一段时间，大家都知道我们是谁了，我们的访问就变得顺利了。

莱克肖尔的所有员工都很关心内尔，她后来说，她在西奈山体验了技术上的高深，但那里态度冷淡，来到这里是一个可喜的转变。我们给她带了一台录音机，还把我们收藏的书都录了下来，试图帮她度过六个月枯燥的理疗。她最喜欢的是英国喜剧演员约翰·克里斯读克莱夫·斯特普尔斯·路易斯的《地狱来鸿》，西西·史派克读《杀死一只知更鸟》，以及弗兰克·麦考特和尤多拉·韦尔蒂分别读自己的作品《安吉拉的灰烬》回忆录和短篇小说《石化人》。

内尔的来信逐渐减少，爱丽丝的来信越来越频繁。我委托爱丽丝给《亚拉巴马州百科全书》写一篇关于门罗的文章。但她的健康每况愈下，学科知识过多，再加上这位老妇人不顾一切地照顾她的妹妹，这一切都妨碍了文章的完成。

在接下来的几年里，内尔写的所有信都很简短。经过近六个月的康复治疗，她搬到了门罗维尔的梅多斯，住进了她家乡的一个护理院里，不回纽约了。几乎可以肯定，她将在生命开始的地方结束一生。

星期一

亲爱的韦恩：

爱丽丝和我最近回顾了过去一年的美好时光。第一个想到的是你和多蒂。除了你们，想不起其他。

在对学院项目进行了一夜的思考之后，韦恩，我的感觉是不，不是今年（但你会谈到时间的本质[原文]），原因如下：

1. 她比几乎所有同时代的人都长寿，那些认识她的人都能证明她的非凡成就。记住，这每天都在某种程度上打击着我，比我们年轻的人在他们出生之前，不知道生活是什么样的，对生活也没什么好奇心。

2. 爱丽丝没有做这个的主席、那个的主席。不过，她被门罗维尔基瓦尼斯俱乐部授予了该俱乐部的首个“年度公民”奖章。她一生都在默默地、谦虚地为人类服务，不考虑得到认可或回报。[例如：她教育的年轻人比她能记得的要多，她要求成为一个匿名的捐助者（而且，她的姐姐可能会补充说，通常是由内尔的版税资助的）。] 简而言之，她没有一大堆勋章，她也从不追求那些。在学院里，她带头兼多项工作。

3. 现在我们到了真正的关键时刻：我想到目前为止只有两个名额，而且我还没有听说我们组有人有严重的疾病。只有两个名额，我们的主席决心用世界上最伟大的棒球健将(汉克·亚伦)填补其中一个名额。永远记住，主席总想如愿以偿。我认为仅凭这一点，我们获得提名的机会就非常渺茫，一个名额和 35 个提名者，不过也有可能。(当然，很多律师和房地产大亨今年可能将会与世长辞，但我对此表示怀疑。他们看起来非常健康。)

4. 尽管这些筹谋应该是保密的，提名应该是保密的，但这些事情通常会泄露出去。如果爱丽丝知道她被提名了，但没能成功，我会很难过。她会为自己被提名而感到自豪，但任何她感到的痛苦她都不会告诉别人，所以我不想让她有失望的可能。

韦恩，请让我知道你对此的看法；我已经在学院待了很长时间，对它的运作有了一定的了解，我只是觉得爱丽丝今年不会被选上。在我看来，他们应该把整个州都给她，但她会设法增税（以资助像样的学校）。

这个星期我可以给你打电话吗？我有点不好意思打电话，因为你退休后的工作量相当于别人一整天的事情。

向弗林特一家致敬

内尔

2007 年 2 月 6 日

亲爱的爱丽丝：

我正在为莉亚·阿特金斯撰写入选亚拉巴马州荣誉学院的提名信。我写完后会寄给你一份。我们这个州有这么多杰出的女性，但学院里却没有几个，这是没道理的。几年前，美国历史学家被要求列出 20 世纪最重要的十位女性。十个人中有两个来自亚拉巴马州——海伦·凯勒和罗莎·帕克斯。

你们在许多方面也开辟了这条穿越荒野的道路。我很高兴过去的一年让我们走到了一起。路易丝一直是我们的好朋友，我们也很高兴能认识她的姐妹们。

此致

韦恩

2007年2月6日

亲爱的内尔：

我希望你回到纽约后会比在亚拉巴马过得更惬意。我必须承认，直到今年我才完全理解你为什么在纽约待了这么长时间。你可能知道，亨茨维尔将《杀死一只知更鸟》列入今年全市的读书计划。图书馆馆长问我能否说服你今年4月到城里来。希尔兹和巴德姆（在电影中扮演斯考特）将要发言。我的工作是解释这部小说的背景——20世纪30年代的亚拉巴马州。我向他解释说我不介入你的生活，所以他正在联系你的经纪人。所以要警惕！亚拉巴马不会让你休息的！就像我们在这里喜欢的大多数东西一样，我们因为抓得太紧、要求太多而杀了它们……

谢谢你让过去的一年对弗林特一家来说如此特别。有一次，我们坐在路易丝家的后门廊上，谈论你和你的家庭，我常常想，我是否能了解你和爱丽丝，是否如《圣经》中诗意地表达的那样，到了适当的时候，我们的道路就会相交。我们非常高兴，因为它们真的相交了……春末夏初，我们将在纽约见面。

此致

韦恩

2007 年 1 月 22 日

亲爱的韦恩：

请原谅我拙劣的书写。只要有横线就行。我的字显得越来越小，我看不清，所以我就划掉，重新再写。

我桌子上的康乃馨和菊花仍然很新鲜，因为它们的色彩对比很突出，所以我的客户一直对它们赞赏有加。我迫不及待地盼望着春天的到来，那时我的办公桌上将会有来自弗林特植物园的玫瑰。

你和达蒂的中途停留让我很高兴，我希望你们能常来。内尔·哈珀在纽约也没关系，我们还是可以一起吃饭的。

我本想打听一下你从门罗维尔往南走的路线计划。你是继续走 21 号公路到阿特莫尔出口，然后经由 I-65 到 59 号公路，还是在尤赖亚离开 21 号公路，从斯托克顿开始走 59 号公路？后一条路线更有趣。它基本上沿着旧联邦公路，我们这些走旧联邦公路的人都深信：铺路时该项目一定没有工程设计。交通部刚刚铺好了所有的弯道，这些弯道都是有篷货车在无法通行的泥坑周围弯弯曲曲地行进而形成的。

你可能还记得几年前的一个周日下午，一群百无聊赖的青少年喝醉了，他们在小河社区焚烧和破坏几座黑人教堂来取乐。那段经历被出版成一本小书，名叫《小河民谣》。这本书没有人读，因为它没有优秀的文学贡献，但它相当准确地描绘了孩子们走过的路线。各个道路的名称、花生先生的商店，都在书里，有了它，你就不再需要路线图了。你在到达“红鹰”和赛霍伊[①]的坟墓之前经过的那座整洁的白色小建筑，是从纵火引起的兴奋的灰烬中产生的。顺便说一句，孩子们服刑的时间长短不一。这让我最近对年龄更大、受教育程度更高、更富有的恶作剧者的审判结果感到怀疑。

很抱歉，你得给内尔·哈珀寄一份《人穷志不穷》。虽然这所房子的一个书柜里有一本，但这所房子里有上百本书，她没问我，当然她的视力也不允许她自己找。如果工人或者图书管理员能把它们整理好，让我们知道都有什么书，那我们将从中受益。我知道在哪里可以找到皮克特的《亚拉巴马州历史》和W.C.奥茨的《亚拉巴马州历史》(第十五版)。我父亲的那本旧得很厉害，几年前我们找到一本重印本时都激动不已。这是我们穷困潦倒的祖父李的装备，他英勇地战斗了4年，从葛底斯堡出发，沿着血腥的南方之路，在阿波马托克斯与北弗吉尼亚军队的残余力量并肩作战。希尔兹先生对他评价不高，但我想让那位先生（？）知道，我为自己是那个好人的孙女而感到自豪，那个好人回到了美国人重建的荒地。

① “红鹰”指威廉·韦瑟德福，他和赛霍伊都是亚拉巴马州历史上的开辟者。——译注

在谈到希尔兹先生时，我认为他确实错过了大好的机会，因为他本可以在弗吉尼亚自己的后院对我们直系亲属的历史多做深入的研究，可惜他没有。对他的读者来说，这本书会比纽约下水道系统的检修孔数量之类的东西有趣得多！够了。

真的，我保证不再喋喋不休了。

此致

爱丽丝

2007年2月9日

亲爱的韦恩：

感谢你的通知和你提名莉亚·罗尔斯·阿特金斯为亚拉巴马州荣誉学院成员的文件复印件。内尔·哈珀还在家里，她让我向你表达她对提名的感激之情。当然，还有96个人必须和你及内尔一起投票，但阿特金斯为教育、体育、商界和整个州所做的贡献一定给人留下了深刻的印象。

肖恩和香农的好意给我留下了深刻的印象，他们从佛罗伦萨给我寄来了一张可爱的卡片。行程这么短，要带24个大学生，他们怎么可能记得我和我的通信地址呢？

过去的一年对我来说是难忘的，因为它扩大了我们的朋友圈，包括你、多蒂和你们的孩子。我悲伤的是路易丝不知道这件事。不幸的是，即使她听说了这件事，也记不住。我不是一个喜欢总是重温过去的人——我很享受过去，但一直期待着将来。然而，我有时也回首往事，回忆起我们三姐妹在父亲去世后到赫歇尔得心肌梗死之间的短短几年里一起旅行的美好回忆。在那之后，路易丝很少让他独自过夜。

几年前，我失去了听力，音乐从我的生活中消失了，乐器声和声乐都消失了。声音的记忆仍然伴随着我，当一个好的唱诗班出现在电视上时，我完全关掉了声音，在一片寂静中我听到了那些美妙的旋律。

内尔·哈珀将于下周返回纽约。别搞错了——她既不是去亚拉巴马，也不是去洛杉矶，而是去纽约。

此致

爱丽丝

2007年4月16日

亲爱的内尔：

当我和达蒂从萨塞克斯大学讲学回来时，汤姆·卡鲁瑟斯打电话告诉我你在医院。震惊过后，我为你祈祷了很多次（我不确定上帝是否会再重视浸信会的祷告了，但万一上帝像对待希伯来人一样宽容我们，我会继续努力祈祷）。

随信附上一个好消息和一个坏消息的剪报：坏消息是你在《伯明翰新闻》赞助的“伯明翰文化偶像大赛”中输了。好消息是，英国广播公司在世界读书日的民意调查显示，《杀死一只知更鸟》排名第五（仅次于奥斯汀、托尔金、夏洛特·勃朗特和J. K. 罗琳），领先《圣经》一位。所以你现在已经超过了上帝，但还没有完全超过《油炸绿番茄》。

我们爱你，祝你早日康复。

韦恩和达蒂·弗林特

2007年4月27日

亲爱的韦恩：

我不确定你对内尔的情况了解多少。中风使她的左臂和左腿瘫痪。幸运的是，她的精神状况良好。当朋友们找到她时，她被送往西奈山医院，大约10天后被转移到医院的康复中心。她现在已经接受了最大限度的治疗，正在等待被转移到伯明翰的莱克肖尔。去那里的接收文书正在准备中，与此同时，每个人都在想方设法把她弄到那里去。内尔就是不肯坐飞机，尽管她曾在英国海外航空公司工作过。她只在母亲和我们兄弟去世的时候打破了这个规矩。她决定搭乘新月号火车去伯明翰。我听说她的胳膊和手的活动能力有限。她的腿是用支架固定的，可以在别人的帮助下“走路”。我之所以用这引号，是因为内尔说她会滑，而其他人说她会走。

这种情况对我来说简直太可怕了。这事我只能尽我所能，而且不得不通过第三方获得电话信息，这也是无可奈何的事。

对我来说，事情真的比你想象的更痛苦。3月1日，我侄子的妻子玛丽安·李出人意料地接受了结肠癌手术。在手术结束时，外科医生认为他们搞定了全部，但病理检查结果说没有。结肠癌三期，所以她现在正处于放疗和化疗期，化疗可能会持续 9 个月。

人们总说坏事成三：第三件事是我的法律助理意外辞职，没有她我就迷失了方向。她有充分的理由并带着我的祝福离开了。但是她的接替者还有很长的路要走。

我告诉你这些，是想让你知道，当我终于开始为《亚拉巴马州百科全书》做关于门罗维尔的我的那份工作时，我确实没有精力去做，但我确实尝试了。我简直无法集中精力。我心里一直想着纽约，我知道我的所作所为让你很难堪。如果委员会只是把它扔出去，让别人来做，那对我来说就不重要。听起来是这样的：这是一个 95 岁的老妇人的漫无边际的想法，她无法把心思放在她想做的事情上。

会随时通知你内尔的行踪和她的进展。可能会是个缓慢的过程，但她下定决心要康复起来。谢谢你和多蒂的祈祷。

致以最美好的祝福

爱丽丝

2007 年 4 月 29 日

亲爱的爱丽丝：

非常感谢关于内尔的最新消息。我想在这种情况下，这是我们所能期望的最好的消息了。虽然我很高兴她离我足够近，能去看望她，但我担心她在伯明翰的隐姓埋名不会持续太久，也许我低估了莱克肖尔工作人员的专业性。虽然乘火车旅行不会很愉快，但坦率地说乘飞机旅行几乎同样糟糕。伯明翰有一家叫 Medjet 的公司，他们会把她送上飞机，而飞机上有一个完整的医疗团队。当然，除非你买了我们在海外旅行时买的 Medjet 保险，否则价格会很贵。

我们对玛丽安的手术感到遗憾。这是一个艰难的手术，我希望她有一个成功的化疗周期。

至于你在《亚拉巴马州百科全书》上的文章，别担心。如果你对这篇文章不满意，就等到你感觉好点再说，或者我们可以推迟。这是电子百科全书的伟大副产品。如果这篇文章在今年年底或明年年初上线时还没有准备好发表，我们可以在以后准备好的时候再把它放到网上。

考虑到你失去了法律助理、内尔的问题，以及你经历的所有其他干扰，你不需要担心其他事情。无论结果如何，你都不会让我难堪或失望。

达蒂和我这周末要来参加亚拉巴马州作家会议，我们想知道你能否在星期四和我们一起吃午饭。我们计划在星期四下午一点到你的办公室，看看你是否有空和我们一起吃午饭。但是不要改变你的计划。如果 12 点比较适合你的时间安排，我们可以那时候去。

此致

韦恩

2007 年 5 月 3 日

亲爱的韦恩：

我的侄子埃德温 • C. 李博士和我星期六去了伯明翰，这是我们第一次拜访内尔。我们发现她的气色好得惊人。很难相信她最近病得这么厉害。减了 23 磅是个很大的加分项。

她对新的生活安排很满意，而且已经开始了新的治疗模式。她的电话就在她的床边，如果她在房间里，她可以自己接。这是她的电话：

1-205-868-2159

如果你亲自去伯明翰莱克肖尔探访的话，在他们带你去 109B 房间之前，你会被仔细地盘查。

对你和多蒂致以最美好的祝福

爱丽丝

星期一

亲爱的你们：

你们刚一转身，我就把麦考特的录音带放上了，结果却发现机器里有一张韦尔蒂的磁带。她读着《石化人》的最后一行，当然，这是我的最爱之一。请原谅我。我纯粹是故意拿着你的录音带的。下次你来的时候一定要问我要，我希望你明天就来。

爱你们

内尔

2007 年 8 月 22 日

亲爱的你们：

你们的善良是无止境的，它甚至由于跟随你们而不会结束，因为你们是永恒的。我想，关于来世的说法，既不是学术，也不是智慧。但韦恩读到的关于永恒的东西比我多。

8月22日

你相信我一周前就开始了吗？上个星期一直有人陪我。治疗后，每天下午和晚上都有人陪同我出去。除了周六的爱丽丝外，周末都是客满的。

埃德·布里奇斯把凯瑟琳·温德姆从塞尔玛带到了这里。她生气勃勃，非常幽默，似乎是天性如此。他们在这里奇怪地窃窃私语，除了“当你回家的时候……”等，没有人会说什么别的。好吧，总是有事的。

你能帮我感谢送我这张可爱的信纸的年轻孩子们吗？看起来是熊宝宝的信纸——刚刚好！

没有其他的消息。爱你们。

你们无聊的朋友

内尔

2007 年 9 月 13 日

亲爱的内尔：

[我希望你能用你的新眼睛（眼镜）读到这篇文章]

我多么想念我们 8 月份经常见面的日子啊！我们太娇生惯养了！我想我得说我不喜欢你和我们在奥本的现实。我将在 9 月 24 日回伯明翰几天，我的耳朵需要做手术。到时候再见。我们可能会突然出现，给你一个惊喜。如果手术成功的话，应该很快，到时候我们就不会像在这里一样每件事都说两遍。

现在！就像我的好妈妈常说的“我得跟你理论一番”，在上帝的绿色世界里，你怎么会觉得自己很无聊？！引用 6 岁孩子的话：“简直太疯狂了！！”你担心不能和我们生活在同一个世界里，你厌倦了那个地方，厌倦了重建身体的辛苦工作。但你比韦恩 • 弗林特或我认识的任何人都充实。

不管你是怎么想出来的，忘了它吧！！

“布道结束”（此信结束）。

带着爱与钦佩

达蒂 • 弗林特

2007 年 10 月 8 日

亲爱的你们：

他们将于 11 月 10 日把我从这里赶出来，我希望你们能在此之前来看我，哪怕只是为了收回你们好意给我留下的东西。

对于你们对我的慷慨，我的语言如此匮乏，以至于我找不出一个词来形容。因此我只能用这句无力的话：

谢谢你！

离开这个地方唯一让我难过的是，我知道和你见面的机会将越来越少。如果你从蒙哥马利走，下 21 号高速路，你会发现我就在路的右边：梅多斯护理院。如果你从蒙哥马利经 I-65 等地过来，我就在左边的最后一座白色房子里。

爱你

内尔

2007年10月20日

亲爱的内尔：

如果湖边的人敢让你久留，我会组织一群在伯明翰警察局工作的表亲们，冲进那个地方，把你解救出来。

我们会在11月的第一个星期来看你，把你不需要的东西拿回来（不过我们有一台可以播放CD、磁带和电台广播的机器，所以你把它留着当作纪念），然后坐一会儿。我们来之前会打电话的。到时候我们再进一步询问梅多斯的位置。你可以放心，无论你藏在哪里，我们都会找到你。

我参加了玛丽·雷诺兹·巴布科克基金会本周在北卡罗来纳州举行的会议，并与一位董事进行了交谈，他在亚特兰大的朋友在40多岁时曾患中风，当时处于昏迷状态，估计活下来的可能性不大。但如今，五年过去了，他唯一的症状就是一瘸一拐。所以，有时进展可能是缓慢而稳定的。这就像你还是个孩子时，你在成长：似乎每一天都只24个小时，但时间要长得多（这是意译，不是剽窃，尽管我曾经在一本关于一个平凡的南方小镇的小说中读到过类似的内容）。

我们爱你，每天为你祈祷。

此致

韦恩和达蒂

理智的女性／真实的女人

我们的友谊的一个关键因素是，我拒绝把她当作大理石雕像或难以接近的世界文学巨子。她中风后搬到门罗维尔，过了一段很长时间的无聊生活。我知道她享受从讽刺、假装冒犯和诙谐的反驳中获得乐趣，所以我尽我所能和她争辩。我 10 月 30 日写的信就很典型，尽管我在最后严肃地表达了我们对她从乔治・布什总统那里获得总统自由勋章的骄傲。

内尔决定不坐在轮椅上领取总统奖。她的勇气不亚于富兰克林・罗斯福，她就像一只知更鸟扑向一只 6 月甲虫一样抗击着物理治疗。在 2007 年 11 月 5 日的白宫仪式上，她被亚拉巴马州的那些有种族歧视的国会议员们团团围住，他们很可能在庆祝一本他们可能没读过也肯定不理解的小说。维罗尼克・派克和李的家人以及许多亚拉巴马州及纽约的朋友都在那里。内尔从轮椅上站起来，紧紧抓住一个高大的美国海军陆战队士兵的手臂，慢慢地走向总统。她紧紧地握着总统的手肘，专心地听着布什总统念给她的颂词。

当内尔寄给我们一张圣诞贺卡，上面印着“淘气还是乖——你属于哪一种？”时，她的回答让我明白了该怎么做：像往常一样，让她对事情有最终的决定权。不过，总的来说，随着内尔体力和视力的衰退，她的信件内容也在减少，信写得更频繁了，但影响不大。

其中一封信中提到的“非常嫌疑犯”协会是由内尔创建的，这是她的文学想象力、对无聊的感觉以及对悬疑小说和法律小说的喜爱等因素共同作用的结果。十几位女性会员，其中包括达蒂，收到了一件印有协会名字的蓝色T恤、一个黑色的狂欢节面具和一支锡笔。内尔称自己是头号嫌疑犯，每个人都乐在其中。

2008年5月16日，亚拉巴马州律师名人堂授予内尔荣誉称号，表彰她将亚拉巴马大学法学院的法律教育、她父亲的高尚品格以及她的想象力结合在一起创作出阿提克斯·芬奇这个小说人物，可以说，他是英语史上最知名、最受人爱戴的律师。

我说的“凯瑟琳”是凯瑟琳·塔克·温德姆，她用有史以来最大的蜡纸和塑料梳子乐队游行庆祝了自己90岁的生日。（如果你从来没听说过这样的事，让我解释一下：你用蜡纸包一把塑料梳子，把嘴放在上面，然后发出嗡嗡声。纸会震动，发出一种音乐。）这次活动吸引了400人，他们合法占据了塞尔玛公共图书馆前的主要街道。凯瑟琳领着一大群祝福者，唱着古老的卫理公会赞美诗，向上帝表示祝贺，因为上帝赐予了一个灼热的6月，正午的温度正好是她的年龄——华氏90度。当我再次拜访，把这个故事讲给内尔听时，她很喜欢这个故事，她也很喜欢我们采摘并给她带过去的奇尔顿县桃子和兰德尔农场蓝莓。

不幸的是，笑声很快就被梅多斯单调乏味的生活吞噬。内尔的来信提醒说，尽管她的长期记忆仍然清晰，但短期记忆会逐渐衰退。在我活着的近80年来，我从来没有遇到过一位文学教授阅读面如此广泛，记得人物、情节和背景，还能够准确地引用小说和诗歌中的长文。而此时她与世隔绝的状态正在助长当地有关其衰老甚至痴呆的谣言。然而，我们认识并每月至少拜访一次的内尔，跟门罗维尔社会圈子里正在讨论的内尔一点也不一样。他们的喋喋不休让我想起了《杀死一只知更鸟》中卫理公会传教士的谈话，或是《围棋》中的茶话会，或是《设立守望者》中一群头脑空空的主妇们的欢闹聚会。

母亲去世时，内尔安慰了我。作为一名基督教现实主义者，她尊重生活的本来模样。无论是在她自己的生活中，还是在我的生活中，痛苦、悲剧和苦难都是实实在在的，都是可以承受的，这些困难既不是“神的旨意”，也不是无法承受的生命之重。她的余生证明了这一点。尽管她的信中没有提到刘易斯的杰作《卿卿如晤》，但她如饥似渴地阅读着刘易斯的书，她的信与他的智慧产生了共鸣。

星期三

10 月 24 日

嗨，孩子们：

在打错电话并留下 3 条信息后，萨拉·安·柯里（内尔深爱的哥哥、空军少校埃德温·C. 李的再婚遗孀）给了我正确的电话号码。

我的留言是我将在 11 月 3 日（星期五）到 11 月 6 日（星期二）离开去华盛顿。

我想，我可以放心地告诉你，我将在 5 日获得自由勋章。更奇怪的事情发生了。

星期日

嘿：

我一直在给你们两个打电话（其中三个号码是错的），告诉你们不要在 11 月的第一周来，因为我星期五要去华盛顿，11 月 6 日星期二回来。

对我来说这是一段很长的旅程，但我认为值得。

此致

内尔

星期三

11 月 1 日

亲爱的你们：

非常感谢你们的来信：星期三之前的这张便条主要是告诉你们（我怕我忘了，所以先告诉你们），我的门罗维尔新号码是：（251）575-5673。它还没有公开，所以请保密。

我将于 11 月 6 日回来，如果方便的话，请来吧。

此致

内尔

2007 年 10 月 30 日

亲爱的内尔：

我又对你的媒体发言人失望了。你赢得了自由勋章，在《伯明翰新闻》上，你的照片在第一版面，但报道在第三版面。你甚至不能超越教练普罗普斯特和胡佛高中足球丑闻，出现在第一版面的显著位置。也许一个诺贝尔文学奖会在头版上勉强取胜。

你的华盛顿之行会不会让你在布莱恩特·丹尼体育场的总统包厢的棒球赛之旅黯然失色？如果是这样，你怎么能把你的优先级搞得一团糟呢？

我不禁想起当福克纳先生得知他在弗吉尼亚大学的一位朋友邀请他与其他诺贝尔奖获得者和其他文人一起到肯尼迪的白宫做客时，他是如何回绝的。福克纳解释说，华盛顿太远了，不能去吃晚饭。

说真的，我们为你感到自豪！终于被“维齐”说对了，即使是一只失明的松鼠也能每六年找到一颗橡子……

我们爱你

韦恩和达蒂

2007年10月29日

亲爱的韦恩：

我从奥扎克戴尔县公共图书馆的宣传单上看到你将主持11月13日的闭幕式。你的话题引起了我的兴趣。文章发表之后，我可以要一份吗？我很高兴报销复印产生的任何费用。

内尔将乘坐新月号列车，苏珊·多斯将陪伴她。

此致

爱丽丝

2007 年 11 月 15 日

亲爱的爱丽丝：

今年似乎是我为《杀死一只知更鸟》演讲的一年。从在亨茨维尔的“大阅读”开始，然后是布鲁克林公共图书馆、哥伦布（佐治亚州）、奥索卡公司，3 月在佩里县，4 月在伯明翰……

这次我要把我的演讲录下来，抄写下来，并发给你和内尔一份。

达蒂和我很高兴她下周将回到门罗维尔。我知道会有尴尬的时刻，但我认为她现在已经进步很多，可以接受了。她当然想靠近你。

得知华盛顿发生的事情，我很高兴。尤其是她能够站起来了。这是真正的进步。总统对她、格利高里·派克和你父亲的致敬是多么美妙啊！总统终于做了一些我赞同的事……

此致

韦恩和达蒂

［2007年，内尔给弗林特一家的圣诞卡：］

淘气还是乖—— 你属于哪一种？

这不是我选择的卡片，但不管怎样，充满爱。

内尔

2008年1月4日

亲爱的内尔：

这封信的目的是让你充满罪恶感；当然，这就是浸信会教徒的出名之处。但我的策略更险恶。既然你已经为没有给我们写信而感到难过（这是我们从未料到的），那么我想我还是给你一个真正的理由吧：你在门罗维尔的这段时间里，你只寄给我一封信，而且是一张只写了两三句话的圣诞卡。

现在，你有没有觉得好点？现在你有了内疚的理由，可以让你的精神更加满足了。

说真的，我们知道写信对你来说是件苦差事。我们也不以书信的质量或数量来衡量友谊（尽管你是一个很好的书信作者）。此外，正如使徒约翰所说的，我们很快就会亲眼看见你的真身。

同时，这是我提到的关于你那本晦涩难懂的书的剪报。还有简・奥斯汀的电影时间表。

此致

韦恩

亚拉巴马州门罗维尔镇

2008 年 3 月 5 日

亲爱的你们：

应我的要求，他们从布告栏上取下了星期四的牌子，换成了星期三，这使他们很尴尬。真的，你进来的时候我就开始心烦了。我知道你昨天没有来。

活动如此众多，而一周中的今天有一个值得注意的事件，需要花费这么长的时间来告诉你。

我珍惜你来访的**每一刻**。使用一般现在时态，是因为它会伴随我很长时间。

内尔

2008年4月9日

致达蒂：

你是“非常嫌疑犯”协会的创始会员，享有该协会的所有特权。没有规则，没有官员，没有费用。你可以通过念《卡萨布兰卡》中不朽的台词来召集会议……

“把嫌疑犯抓起来！”

这将使你们的与会者从他们的各种潜伏的地方出现。这是你的会员徽章。

哈珀·李

主要嫌疑犯

亲爱的主要嫌疑犯（内尔）：

我非常荣幸能成为“非常嫌疑犯”协会的创始会员之一。这正是我希望属于的特权群体。（也许它能挽回我从奥本女子俱乐部辞职的名声，而不必因为从俱乐部的名单上消失羞愧而死。）

作为一名享有特权的成员，我的第一个行动是在4月31日[①]（周四）上午11点左右召集主要嫌疑犯们共进午餐。我将

① 疑笔误。——译注

戴着帽子和会员徽章。[我会带一个不戴帽子和徽章的好友（韦恩·弗林特）来。]我们将通过电话与你确认这一切。我期待着我们的拜访。

达蒂·弗林特

2008年5月27日

亲爱的内尔：

10天前在蒙哥马利，你真是个喋喋不休的“名人”。你没说“你让我无话可说，谢谢！”，而是在长时间的暂停后说出了11个字：“今天下午我想出去玩，谢谢。”如果你不小心点，专家、评论家、记者和“内尔观察家”将不再称你为“沉默的内尔”了。

我很高兴主持人提到了“非常嫌疑犯”，这样他们就可以得到他们应得的关注。起初，我不确定你为什么要创立这个秘密组织。但上个星期五之后，我相信我已经解决了这个难题：任何转移到他们身上的注意力，都不再那么针对你了。你真是个狡猾的魔鬼！

说真的，这是非常棒的一天，我们很感谢你允许我们参加。这个星期天，我们计划开车去塞尔玛，以确保凯瑟琳得到这个星球90年来赋予她的所有关注……

我希望你一切顺利，希望你的治疗进展顺利。我们很快会在门罗维尔见到你。

此致

韦恩

2008年7月11日

亲爱的你们：

感谢你们的桃子、蓝莓和蛋糕，但我最感谢的是你们的善良和圣洁！你们是我生命中的两件珍宝，我爱你们！

内尔

另：8月？它来得越快越好！

2008 年 7 月 21 日

亲爱的内尔：

你让我们想起了一段成熟的罗曼史：它可能来得晚了，但它仍然让人精神焕发，被人欣然接受。每次我们来到门罗维尔，都会带着三个小时关于你、爱丽丝和李家所有人的谈话回来。我向你们保证，你们丰富了我们的生活，其程度远远大于我们丰富你们的生活的程度。看着你和达蒂兴高采烈地笑着，幸灾乐祸地谈论着阴谋论，是我生命中最精彩的时刻之一。

现在，我的母亲搬到了养老院，她的房子被卖掉了，我们的生活就像往常一样。她适应得很好，似乎为不再需要开车、做饭或打扫而松了口气。

再见

韦恩

7月30日（或者31日）

亲爱的韦恩：

我唯一要报告的是，汤姆•卡鲁瑟斯说他想不起“不可避免”这个词，我用它来描述日子的流逝。他说他很久没听到过了，都不记得了。

唉，日子一天天过去，千篇一律，不可避免，但我感到最幸运的是它们终究为我而逝去。我这个孤独无助的可怜虫。我以前可能给你写过这些，但后来我好像又写了其他东西——什么？在上帝和医生判决我应该失去大部分的理智和大部分的短期记忆之前。

我还记得甘米莉夫人，惊叹于她的创作者的创造力。我想狄更斯是我们最伟大的小说家，尽管我不愿意承认萨克雷也有他自己优秀的方式……

我走了，像约翰一样，一个“梦想家”，孤苦伶仃，事事不顺。

如果你和我一样讨厌我的笔迹，你会希望我在第一行就放弃，那么“再见”。

致你和无与伦比的达蒂

内尔

奉承与隔离

对内尔和我来说，生活在失去和不便中继续前进。我们11月去拜访了西雅图的弗林特一家，他们后来到亚拉巴马州过圣诞节，我们又编了一套小哈珀的故事来逗内尔开心。（在她的回复中，内尔错误地将作家P. G. 沃德豪斯称为P. E. 沃特豪斯。不过，她可能是把这种困惑当成了讽刺。）

内尔的生日是4月28日，这一天她总会迎来一大群客人，有的已经进城来参加亚拉巴马州作家研讨会，有的只是来参加庆祝活动。她每年一定要提醒我她的生日，因为我两次记错了日期，记岔了几天。我觉得她的信提醒了我，她可能不是我社交圈中唯一有短期记忆问题的人。

2010年，我的朋友约翰·谢尔顿·里德，一位著名的南方作家和社会学家，当时担任享有盛誉的南方作家协会的会长，问我内尔是否愿意加入该组织。我对此表示怀疑。她的身体问题限制了她的州外旅行；她 2008 年前往白宫接受自由勋章是个例外，因为她拒绝坐飞机，不得不坐火车，所以这趟旅程很艰难。2011 年，美国总统巴拉克 • 奥巴马授予她美国国家艺术奖章时，她拒绝再次出行。尽管布什曾宣称《杀死一只知更鸟》是他最喜欢的书，但他显然忘记了，在早些时候的一次总统访谈中，他曾将这一殊荣留给了《圣经》。奥巴马显得更诚挚一些，有人看到他和家人在玛莎葡萄园岛度假时，为女儿马莉娅买了《杀死一只知更鸟》这部小说。

为了说服内尔接受南方作家协会的邀请，我唯一能想到的策略就是援引剧作家兼编剧霍顿 • 富特的话。他是内尔最亲密的朋友之一，曾为《杀死一只知更鸟》写了剧本，在 2009 年 3 月去世，他的死深深地影响了她。为了向内尔推荐南方作家协会，我首先朗诵了一连串南方著名作家和历史学家的名字：罗伯特 • 佩恩 • 沃伦、雷诺兹 • 普莱斯、威廉 • 斯泰隆、拉尔夫 • 埃里森、尤多拉 • 韦尔蒂、彼得 • 泰勒、谢尔比 • 福特、安德鲁 • 莱特尔、克林思 • 布鲁克斯、温德尔 • 贝里、欧内斯特 • 盖恩斯、C. 范恩 • 伍德沃德、约翰 • 霍普 • 富兰克林，当然还有霍顿 • 富特。直到我提到富特，内尔才感到不安，他死前多年一直请求她接受邀请。在我的第二次尝试中，她最终同意了，为了富特，但规定了两个条件：不要求她发言或出席，我代表她发言。

所以，当会员们和他们的粉丝们聚集在查塔努加，都希望能一睹这位文学偶像的风采时，他们看到了我。我尽可能多地谈论李氏家族及其最著名的女儿，以及为什么选她是一个明智的选择。

我给内尔和爱丽丝的信中附上了我的演讲稿。当我们把装裱好的奖状带到门罗维尔时，她把它加进小公寓墙壁上各种各样的视觉作品中：她与布什总统和夫人的合影；在《杀死一只知更鸟》出版50周年之际，史蒂夫·布林画的一幅漫画，画上美国鹰在全神贯注地阅读《杀死一只知更鸟》；凯瑟琳·温德姆拍摄的一张非洲裔美国妇女抱着公鸡的照片；我们曾经为她装裱的纪念格利高里·派克的纪念版邮票。

我们在去参加她的生日庆典和亚拉巴马州作家研讨会的路上颁发了这个奖项。我们得到的回报是内尔的善意抱怨，说我们为了参加一个“愚蠢”的会议而忽视了她，这几乎概括了她对文学评论家和他们的技艺的轻视。（我有时会想，如果我的学术领域是文学而不是历史，我们的友谊是否还能长久？）达蒂后来给内尔寄了一张我们访问期间她们两人的照片。

5月中旬，内尔在一封信里提到，她已经开始重读C. S. 刘易斯的书了，这是她和我过去最喜欢的书。达蒂和我当时并不知道，但后来意识到，这是我们收到的内尔的最后一封信。

2008 年 10 月 8 日

亲爱的韦恩：

我相信你会在 11 月 6 日做我的发言人（为她加入南方作家协会致辞[①]）。如果没有你，我将会灭亡。我并不想让人觉得我忘恩负义（是的，我是这么想的[②]），但我永远不理解为什么人们知道我无力出行，却还要授予我荣誉，并希望我参加典礼。哦，好吧！

此致

内尔

① 作者原注。——译注

② 作者原注。——译注

2008年10月18日（我母亲去世后3周）

亲爱的韦恩：

这段时间对你来说太可怕了！在我们这个年纪（至少在我这个年纪），悲伤对我们来说并不陌生，但它带来的伤害却丝毫不减，我想可能会更多。不管谁说你年龄越大，你就越容易接受，他（她）都错了——事实正好相反。

此致

内尔

2009年1月6日

亲爱的内尔：

哈珀风暴来了又走了。我希望有什么方法能把2岁到5岁从孩子的童年中剔除。她很挑剔，爱发牢骚，不吃别人吃的正常食物，还总是让人头痛。如果这是她慈爱的祖父对她的评价，你可以想象其他人对她的看法。唯一可以弥补的是，她明天会和今天不一样。

达蒂挺过了这个假期，她患了严重的感冒，后来痊愈了，现在又复发了，而且更严重。她明天要去看医生。尽管如此，她依然深爱着我们可爱的两个孙辈、她的儿子，还有许多很少露面的亲戚。

实际上，我已经修改完了回忆录（后来出版为《坚守信仰：平凡的人，非凡的生活》）的两个章节，所以我认为假期在愉快的气氛和富有成效的写作中度过了。我还读了麦迪逊·琼斯的新小说《道格拉斯·布拉格历险记》。这与他的所有其他作品都大相径庭——混合了约翰·肯尼迪·奥图尔的《笨蛋联盟》和克莱德·埃德格顿的各种轻松搞笑作品（《拉尼》《穿越埃及》《纪念少年》）。很有趣，但更多的是一连串的趣闻轶事，而不是实质性的小说。我现在可能会先读一点历史，然后再写回忆录。

我希望爱丽丝小姐现在感觉好多了，希望你已经摆脱了可怕的瘴气。代我们向她问好。

此致

韦恩

2009 年 1 月 25 日

亲爱的你们：

我应该为没有给你写信而被绞死和鞭打，但我被无法抵抗的懒惰折磨——日子一天天地过去，当我开始感恩的时候，我就想到了你们两个，韦恩和达蒂，是你们照亮了我的生活。每次你们的出现，都会带来无声的喜悦（怎么说来着？“黎明的欢乐……”）。我想可能来自《传道书》或者其他什么地方。我知道作者是 P. E. 沃特豪斯。

向你们致敬

内尔

2009年2月14日

亲爱的达蒂：

谢谢你给我世界上最美丽的女人和世界上最朴素的女人的合影！

希望你能享受到与教授一起写回忆录的时光。即使它们是虚构的，但也有道理。

《希伯来书》13：8（钦定版《圣经》）[①]说："希望你们的生活充满激情！"

此致

内尔

① 《圣经》该处没有这句话。内尔提到的"《圣经》说……"，可能是内尔和朋友间的玩笑话。——译注

3月1日（？？）

［无论如何，今天是星期天。］

亲爱的韦恩：

我们是不是应该在4月28日出席什么活动？它既不是你的生日、结婚纪念日，也不是其他重要的事，它是我的生日，所以我才会这么记忆深刻。

如果你知道了，或确定了，请告知我。

达蒂的同谋者谨上

2009 年 3 月 10 日

亲爱的内尔：

我在你的“非常嫌疑犯”中间打听过了，其中一个（凯西·兰德尔）透露说，州档案管理员埃德·布里奇斯确实在为你和你的朋友们计划某种生日活动。我们肯定会去的，哪怕只是为了消遣、娱乐和骚扰你，免得你听到太多的最高级的赞美之词，并信以为真。

同时，我想下面这些有趣的数据会让你很骄傲。我收录了一篇关于在线访问《亚拉巴马州百科全书》的报告。我们现在平均每周访客量约为 1.3 万人次（自我们 9 月份推出以来，总共有 60 万次页面访问）。排名第 2 的访问主题是内尔·哈珀·李，排名第 8 的主题则是她写的书。我想这让你比贝尔·莱恩特、乔治·华莱士、汉克·威廉姆斯，甚至韦恩·弗林特更受欢迎。

此致

韦恩和达蒂

2009年3月18日

最亲爱的韦恩：

请原谅我没有及时回复，我公务缠身，所以没有时间和朋友们在一起。

你马上就会发现这是一个谎言。事实是：我做得越少，我就越懒，现在我几乎不能走动。然而，有件事确实发生了：那天我笔直地站了起来。是我朋友凯文·豪厄尔的好运让我站了起来：他在哈珀·柯林斯出版社当编辑，一个月前失业了。好消息是他在企鹅图书公司找到了一份新工作！他只失业了一个月。他送了我一码[①]长的糖果来庆祝！你快来一起分享吧！

此致

内尔

亲爱的内尔：

凯文·豪厄尔的事真是好消息！霍顿·富特去世后那段时间，我们常常想起你，因为我们了解你们之间长久而深厚

① 1码约合0.914米。——译注

的友谊。我们知道你有多难过。所以关于凯文的好消息让大家都很高兴。是不是很奇怪？坏消息就像一朵巨大的黑暗不祥之云，从一个朋友蔓延到其他朋友，而好消息就像晴天的春风一样和煦地拂过。好消息有罗伯特·弗罗斯特的特质，而坏消息有弗兰兹·卡夫卡的绝望感。

我希望我们现在能分享你的巧克力，但是星期二我要做个小手术。所以，我们会在4月晚些时候把凯瑟琳·温德姆拽到那边去。我们也会在你4月26日生日那天在档案馆见你。我被征召来对我们尊敬的朋友说几句话。我告诉他们，如果给我一个月的时间来赞美你的美德，我会实事求是。如果只给我10分钟，我就自由挑选，随意发挥了，我也不知道我这位老历史学家会编出什么样的故事。

正如《圣经》所说，我们常常想念你，不断为你祈祷。请代我们向爱丽丝小姐问好。

此致

达蒂和韦恩

2009年3月28日

亲爱的教授：

你的信很美，非常感谢！不过，还有一件小事——如果你在4月26日颂扬我的美德，你将提前了两天。我想我们见面的时间是28号，那天才是我的生日。不管怎样，只要我能得到表扬，我就会接受！

《希伯来书》13：8（钦定版《圣经》）：如果你是在从比洛克西或者别的什么地方回来的路上，你和我的同谋者的来访将是最受欢迎的！

此致

内尔

2009年4月4日

亲爱的伟大作家：

好吧，如果说我记不住我妻子的生日、我孙子的生日甚至是我自己的生日，你能不能理解我也记不住你的生日？ 而且，我只记岔了2天。4月26日和27日我们不打算在蒙哥马利度过，而是准备28日直接开车过来。你需要我们帮忙吹蜡烛吗？达蒂可以站在一边，我可以从另一边吹，这样我们的口水就可以把蒙哥马利变成海港了！

韦恩和达蒂

2009年4月14日

亲爱的内尔：

我通过看经典电影《乱世佳人》来庆祝纳税日。我确信这本书是南方作家写的。我上次查的时候，你的书的销量是她的书的两倍。但你的南方比她的更有说服力。尽管许多南方人都喜欢斯佳丽的多情，但比起斯佳丽，我更喜欢斯考特。只有来自亚特兰大的作家才能充分领略到新南方的原始唯物主义。正如我的社会学家朋友约翰·谢尔顿·里德所写的那样："每次我去亚特兰大，都会想起24万名南方士兵为了阻止战争而牺牲了。"

我在幕间休息时写信给你。我希望下半场的结局会更好，但我担心我们勇敢的小伙子们会再次失利。该死的北方佬！回头见，生日女孩！

此致

韦恩

2009年4月16日

亲爱的朋友们：

28日蒙哥马利见！（如果我能看见的话！）

《希伯来书》13：8：那么，再见！

此致

内尔

2009年4月19日

最亲爱的你们：

快点儿！世界上我最想见的两个人就是你们！

韦恩，你和无与伦比的达蒂对我来说太重要了。尤其是现在我老了，很痛苦，而只要你们两个快乐的人到场，就意味着快乐、智慧和欢笑。快点来！待久点！

此致

内尔

5月3日（？）

我亲爱的你们：

和你们在一起真是无比愉快。只有一个问题：你们待的时间太短了！你们应该把你们所有的时间都用来招待我，而不是参加一个“愚蠢”的会议。

当然，我这样的过分要求是毫无理由的，所以我没什么可说的，除了我非常地爱你们。

内尔

尊敬的著名女作家：

感谢你让我们在熙熙攘攘的拜访者中占用了你的时间。

我们似乎没有足够的时间交谈。但我们担心连续三天跟我们在一起会耗尽你的耐心。

见到爱丽丝小姐也很愉快，哪怕只是很短的一段时间。

我们周一休假去照顾可爱的小家伙（西雅图的哈珀·弗林特），她爸爸妈妈要去意大利 10 天。如果我们幸存下来，我们将在 5 月底或 6 月初去看你。

韦恩

2009年5月13日

我最亲爱的你们：

我疯了，所以我不记得我该给达蒂还是韦恩写封信，也许是两封——因此才有了这封信的问候语。如果你们对我最近的读物稍有兴趣的话，你们会发现我最近的读物都是C. S. 刘易斯的作品：忽视了几十年，晚年再读他的作品，才惊讶地发现我多么想念他那睿智幽默的忠告！我最近听到的两则关于刘易斯的轶事很有趣，但我只能讲一个：有人问他是否还记得小时候接受的指示，“只有两个，”他说，“弯下腰，以及嘴里有食物时不要说话。”

这些趣事一点都不像是他的。但是你还是你——我的朋友，韦恩！

此致

内尔

万物有终

内尔的姐姐路易丝在2009年10月去世，享年93岁，不仅结束了她自己的悲伤传奇，也给一个因疾病和衰老而步履蹒跚的家庭带来了一个沉重的打击。我写了许多安慰信，但给内尔和爱丽丝的信是最难写的。由于她们身体都很虚弱，不能参加路易丝的葬礼，我写信告诉了她们。路易丝一直想在葬礼上听风笛演奏《奇异恩典》。这很难实现，但她的曾孙女提供了一个很好的其他选择。

虽然内尔在她人生的这个阶段很少去蒙哥马利，但她参加了亚拉巴马州荣誉学院的秋季入职典礼，在那里她可以和老朋友交往。

我们继续给内尔和爱丽丝写信，开车去门罗维尔看她们。在2011年的一次访问中，我推荐她们阅读佐拉·尼尔·赫斯顿的小说《凝望上帝》。爱丽丝买了这本书，这本书唤起了她对家族史和童年的回忆。尽管内尔停止了与我们的通信，但爱丽丝仍在继续，我们发现，她对历史的着迷程度就像内尔对小说一样。这两个人过着截然不同的生活。当内尔享受纽约的百老汇表演和艺术画廊时，爱丽丝和志趣相投的朋友们在亚拉巴马州西南部的小路上闲逛，从荒芜的种植园、租客棚屋或废弃的车库里拯救信件和报纸，仔细观察旧磨坊或乡村商店，寻找记录，与亲人和朋友分享当地的历史故事。

爱丽丝所描述的多伊·莱尔·麦考尔收藏品是亚拉巴马州西南部一个木材家族的开拓者毕生努力的结果。他们发现、购买和保存了超过一百万份有关国家内战日记、总统土地赠予、奴隶生活的描述，以及从领土时期到 20 世纪早期的更多文件。这家人 2011 年送给南亚拉巴马大学的礼物价值 310 万美元，在当时被认为是南方各州保存的最重要的 19 世纪历史档案之一。爱丽丝认识三代麦考尔家族的人，她很想让我去看看收藏在莫比尔的藏品。当她在信中一丝不苟地叙述着南亚拉巴马州和她的家族史时，我开始怀疑，作为当地历史资料的来源，爱丽丝的记忆是否比新的百万份文件档案更有价值，而这时离她的百岁生日只有几个月的时间了。

2011 年 6 月，内尔和爱丽丝又失去了一位旧时故友——凯瑟琳·温德姆，她和路易丝一样，享年 93 岁。我给爱丽丝寄去了我在报纸专栏上给凯瑟琳写的悼词。

2011 年 9 月 11 日，爱丽丝度过了她的 100 岁生日。我简短地赞扬了她的法律生涯和对历史的了解，还给了她一本我的回忆录《坚守信仰：平凡的人，非凡的生活》，这本书几周前才出版，内尔为它写了一篇简介。

这一章的最后一封信也是我写给内尔的最后一封信。她已经有一段时间没有回信了，因此，尽管在她去世前我们曾多次到门罗维尔去看望她，但大约一年后，我不得不面对这样一个事实：我们之间如此珍贵的长时间的通信，结束了。

2009年10月21日

亲爱的内尔：

我们很高兴在门罗维尔和蒙哥马利见到你们。我们尽量不占用你在国会大厦的时间，尽管这很困难。希望这个星期天我们能在尤福拉见到你。

我们都为路易丝的去世而悲伤。早在认识你之前，她就是我们深爱的好朋友。我们将永远记得她说过的关于芬奇的着陆、尤福拉的怪人、当地的浸信会传教士谋杀两个妻子的家庭故事。

你知道，她是镇上维护社会正义的真正力量。市长在关键时刻任命她为一个公共教育委员会的成员，该委员会旨在让所有学生都去综合性学校上学。她的正直的名声对这项事业大有裨益。

当然，我同意你父亲的看法，这次离别只是一个结束。总有一天，我们将有一个伟大的团聚。我希望有一个出色的风笛手，演奏《奇异恩典》。现在，我们必须将就小提琴版本的，这也很不错。

我曾经上过一门宗教哲学课程，目的是研究苦难问题。

不出所料，我们不会比约伯回答得更好了："虽然他杀了我，但我还是相信他。"

因此，我转而求助于我最喜欢的阿巴拉契亚小说，查尔斯·弗雷泽的《冷山》，寻求安慰。他把这些深奥的话铭记在他的山羊女/草药医生的的心中："那只是痛苦，最终会过去的。当它消失的时候，不会留下永久的记忆，至少不会是最糟糕的记忆。它会消失，我们的头脑并没有像对待幸福那样对待痛苦的细节。这是上帝给我们的礼物，是他关心我们的一个信号。"

韦恩

2009年10月29日

亲爱的爱丽丝和内尔：

路易丝的追悼会棒极了。这是一个晴朗清爽的日子，可以俯瞰查塔胡奇河，有75~100名亲友出席。她的儿子、孙子、曾孙都在那里。虽然没有风笛手，但我相信路易丝会对她的曾孙女拉着小提琴演奏《奇异恩典》感到很满意。这个小女孩棒极了：泰然自若，面带微笑，紧张而又自豪。我敢肯定，路易丝在这首歌里始终面带微笑。

致悼词的乔·利森比牧师很了解她的生平，而且对她很公道。他提到了她对公平和正义的关注，她参与了改善种族关系委员会的工作，并为尤福拉的学校提供了更好的资助。他讲了一些关于她的故事，幽默而深刻。艾尔·哈伯博士在说到西佛罗里达－南亚拉巴马卫理公会会议和芬奇家族时，提到了他和你们的关系。按照她的意愿，仪式简单又适宜。

后来，格温·康纳邀请我们到她家聊聊路易丝、爱丽丝、内尔和她的家人。那也会让她高兴的。埃德和汉克讲着故事，分享着回忆。

虽然我们都想念你们，但你们可以做更好的事，在美好的日子里花大量的时间享受快乐。至于路易丝，她已经离开黑暗之地去了光明王国。我为她的解放而高兴。

此致

韦恩和达蒂·弗林特

2009年11月11日

亲爱的韦恩和达蒂：

感谢你们在路易丝追悼会之前和之后给内尔·哈珀和我来信。我们特别感激通过非家庭成员的视角看到了这个仪式。

你所描述的那个填补没有风笛手的空缺的小女孩，是11岁的萨拉·拜尔斯，路易丝的曾孙女。从5岁开始，萨拉就在杰克逊维尔少年交响乐团演奏小提琴，是迄今为止最年轻的成员。她在杰克逊维尔的公立学校接受教育，是个有天赋的孩子。

不用说，我们为萨拉感到非常自豪，我们怀着非常浓厚的兴趣注视着她的进步。萨拉有一半苏格兰血统，她父亲是苏格兰人，但现在是美国公民和教育家。

内尔·哈珀和我一直在回忆我们和路易丝一起度过的美好旅程。我们三姐妹真的很喜欢彼此的陪伴。有一次，我们听到一个朋友这样描述我们："她们经常笑，喜欢彼此做伴，但又不能就一件事达成一致。"

我希望你们能尽快来访，你们的拜访对内尔来说，就像吃了B-12。

上帝保佑

爱丽丝

2011年3月2日

韦恩·弗林特博士
便士巷1224号
奥本，亚拉巴马州，36830

亲爱的韦恩：

我差不多读完了《凝望上帝》，我很喜欢它——没有方言方面的麻烦。

我以前从来没有听说过佐拉·尼尔·赫斯顿，也没听说过她的任何作品。我不知道怎么会这样凑巧。后来我发现，1937年是它出版的那一年，当时我正从门罗维尔搬到伯明翰，这个转变减少了我那段时间的阅读。

读这本书使我回想起了家族的历史。我的两位高祖父在门罗维尔成立之初来到这里，一个在1823年，另一个在几年后。他们每个人都拥有大片的土地，常识告诉我，他们需要人手来帮助耕种棉田，锯木伐树。但我一直认为我的祖先太穷了，养不起奴隶。近年来，我偶然发现了一些旧的纳税评估表。其中一个显示R.麦本博士有39个奴隶，T.H.威廉姆斯的奴隶名单更长，但没有总数。

我不知道1863年以后这些人的情况如何，但我强烈地认为他们会用以前主人的姓，而且可能永远不会离开。我之所以这样说，是因为这些名字在门罗维尔的黑人中很流行。当我还是个小孩子的时候，我去看望我的祖母芬奇，我和芬妮·李·佩恩玩得很开心，她和我同龄，是我们社区里除我之外唯一的孩子。她是以我母亲弗朗西丝·李的名字命名的。

我祖父芬奇实际上有一个奴隶，但他可能从来不知道。他小时候住在弗吉尼亚。他的祖母死于亚拉巴马州，根据她的遗嘱，她的三个孙辈每人可以得到一个奴隶。法律规定未成年人不能拥有个人财产的所有权，所以他获得了解放。

我的一位保姆，一位70多岁的高个子黑人女士刚刚非常自豪地告诉我，她的侄女和她的三个朋友正在看我的书（《凝望上帝》）。

虽然时间很短，但能和你和达蒂见面还是很愉快的。希望不久之后你还会到这里演讲。

虔诚谨上

爱丽丝

2011 年 4 月 19 日

亲爱的内尔：

你现在正式加入南方作家协会，享有与之相关的所有特权和权利（除了那些伟大的作家为拥有所有南方作家中最著名的作家而欣喜若狂之外，没有任何特权和权利）。我们遇到了许多我们喜欢的作家：约瑟芬·汉弗莱斯、温德尔·贝里、娜塔莎·特雷威、鲍比·安·梅森、欧内斯特·盖恩斯、查尔斯·弗雷泽。不幸的是，现在很多优秀的成员都去世了：尤多拉·韦尔蒂、弗兰纳里·奥康纳、雷诺·普莱斯、霍顿·富特、克林思·布鲁克斯、罗伯特·潘·沃伦、彼得·泰勒、安德鲁·莱特。

我们会在你生日那天把你的证书带过来。我们把它装裱起来，以便可以为你的总统嘉奖增添光彩。

此致

韦恩和达蒂

2011 年 5 月 1 日

亲爱的韦恩：

非常感谢您在内尔·哈珀加入南方作家协会之际所做的发言。作为读者，你对李氏家族的评价是最慷慨的。如果路易丝和我们在一起，她也会表示感谢的。即使在我学会阅读之后，我的父亲还会给我读书，他也会给他的孙子们读书，以便他们能成为热爱读书的人。

我想一个不识字的人一定错过了人生的一大乐趣。我希望你的旅行能让你和达蒂尽快回到门罗维尔。和你在一起总是愉快的。

上帝保佑

爱丽丝

2011 年 5 月 8 日

亲爱的韦恩：

你知道亚拉巴马大学展出的麦考尔收藏品吗？我知道收藏的存在，但对它的经济价值一无所知。有专家说是 130 万。也有人说，它将随着历史的变化而改变。

如果你不熟悉这个故事的来龙去脉，请告诉我，我会写信告诉你的。

你可以在暑假计划中做些改变，可以在莫比尔多待一段时间。

此致

爱丽丝

2011年5月10日

亲爱的爱丽丝：

我读到了几篇关于南亚拉巴马大学的麦考尔收藏的文章，文章只概括了几点，但是都很吸引人。我认为它的重心是在墨西哥湾沿岸，尤其是莫比尔。但是考虑到这座城市在战前的亚拉巴马州的重要性，它肯定会扩充/改写州历史的许多部分。我很想知道这个故事的来龙去脉，所以你可以给我写。我们希望下周能去拜访。一部关于《杀死一只知更鸟》的电影（纪录片）正在制作中，制片人想让我谈谈这本书在世界范围内的重要性（我很想告诉他们关于你的事）。我要把格利高里·派克的印版镶在镜框里，给内尔送去。我们也会顺便来看你。

我把《新闻记录报》上的专栏版附录给你和内尔。

此致

韦恩

2011年6月27日

亲爱的爱丽丝小姐：

……我附上了一些有关凯瑟琳·塔克·温德姆追悼会的剪报。这是一个奇妙的典礼：有趣、有爱、快乐、感人。凯瑟琳就是这样的人。

唐纳德·戴维斯牧师是她唯一的同辈短篇小说家，他非常棒。他介绍了20年前为她做了一口漂亮的松心木棺材的黑人木匠，查理·卢卡斯把她的尸体裹进吉弯的被子里，小心翼翼地放进了棺材。

戴维斯说，当凯瑟琳要求他致悼词时（因为他是卫理公会派教徒、南方人和民主党人），她嘱咐他要简短："人们希望在礼拜前后讲故事。所以你可以简短地说一说。"凯瑟琳的灵魂在蓝草音乐、《我要飞走了》的诗节和笑声中升入天堂。

韦恩

2011年7月9日

奇尔顿县的桃子很好吃——这是我这一季第一次吃到桃子。你走后不久，我的外甥来了，他发现了蓝莓，并要求先不要吃蓝莓，把它们保存起来，等玛丽安回来看他们刚出生的孙子。然后她会做美味的蓝莓松饼，全家人都可以享用。当然，我按照他的要求做了。

你的来访很好，只是不够频繁。我迫不及待地想要一份你的回忆录。读到它之后，它将取代我正在阅读的四本书。

大自然答应我们今天会下雨，但到目前为止还没有兑现。我们前天下了一场阵雨，才解除了旱情，但这还远远不够。

我没有要求在9月11日举行任何聚会。喝了99杯之后，再喝一杯？但有时这样的事情会失控。因为那天是星期天，也许不会有太多人会缩短礼拜仪式来这里。

不管哪一天，你都被邀请了，我期待着到时候见到你。

深情的

爱丽丝

2011年7月12日

亲爱的爱丽丝：

我很高兴你喜欢桃子和蓝莓。桃子很普通，但今年的蓝莓很好。我很高兴你能和家人一起分享。如果我知道的话，我会带得更多。

星期五，我们认为内尔情绪异常好：一直笑，讲故事，兴致勃勃。

谢谢你邀请我参加你的生日聚会。你已经知道我的礼物了，尽管它很冒昧。我会给你带一本我的回忆录，所以别买了。

我们爱你

韦恩

2011年12月1日

内尔：

南希·安德森，蒙哥马利奥本大学的英语教授，她和伯特·希区柯克一起为在线《亚拉巴马州百科全书》写了一篇关于你的精彩文章，要我把这个信息告诉你。她有一个英国学生创办了一个非营利出版社。这位女士利用从出版中获得的所有利润为亚拉巴马州和密西西比州的贫困儿童提供书籍。

这位女士叫阿什利·戈登。她计划出版一本散文集，这些散文已经在杂志或文学期刊上发表过。她想把你那篇题为《亲爱的奥普拉》的文章放进去。我告诉南希我会把这个口信捎给你，如果你同意，我会把你经纪人的联系方式给她。不知道你会怎么看，南希只是让我告诉你这件事。

昨晚在亚拉巴马州的莎士比亚节上，达蒂和我看了杰弗里·谢尔曼的音乐剧《杜鲁门的圣诞记忆》。我无法想象一部音乐剧如何能够捕捉到杜鲁门在他的故事中所表现出来的那种美好的社区感和小镇生活的永恒感。令人惊讶的是，音乐与主题是一致的，尽管扮演少女内尔·哈珀的女孩很糟糕。显然，没人知道你8岁时是什么样子（据我们估计，是个大坏蛋）。相反，无论是扮演年少的杜鲁门的男孩，还是扮演成年版（以及旁白）的男人，都非常棒。对我们来说，这部剧是假日季的一个良好开端……

在接下来的几个星期里，我们会去拜访你和爱丽丝小姐，并带上达蒂为你们准备的一些圣诞礼物（不过，没有配威士忌的水果蛋糕；你知道我们多么不喜欢你对浸信会教友的描述，这仅次于你对奥本大学粉丝的偏见）。

此致，你深感谦卑的奥本粉丝

韦恩和达蒂

2015 年 2 月 17 日

亲爱的内尔（著名作家，著有两本也许更多著名的书）：

我给一位记者讲“我们的”西雅图的哈珀的故事，当我称她为淑女时，她马上告诉我她不是淑女，她就是哈珀·斯旺·弗林特。当时她只有四五岁。她现在 10 岁了。上个星期，她到她最好的朋友家里去借宿。小女孩的妈妈说：“哈珀，我知道你不是个淑女。”事实上，她让我们想起了你。你是，或者曾经是一位淑女吗，内尔？事实上，我们的小恶魔现在是我们所知道的最可爱的 10 岁小魔术师。

韦恩和达蒂

2015年3月1日

亲爱的内尔：

在最新一期《今日美国》畅销书排行榜上，《杀死一只知更鸟》在出版54年7个月后，上升到第14位。

我还随信附上《经济学人》关于治疗黄斑变性的一份很有希望的报告。

最后，我还重读了诺曼·麦克林的小说《大河之恋》。在这部中篇小说的结尾，诺曼向父亲解释他死去的兄弟保罗时说："你可以不完全了解一个人，但你仍能全心全意地去爱他。"否则，我想，只有上帝才能完全地爱我们，因为只有上帝才能完全地了解我们。几十年后，我突然明白了斯考特和杰姆与布·拉德力的关系，以及你与杜鲁门的关系，苏克与杜鲁门的关系。当明亮的光穿透灵魂的乌云时，不是很奇妙吗？

3月8日，星期天，我们将带巧克力去门罗维尔。

此致

韦恩和达蒂

附　言

我给内尔的最后一封信是在我听说她的第一份手稿已经找到并将出版的惊人消息一个月后写的。出版商于2月3日公布了这本书《设立守望者》(取自《以赛亚书》21：6，钦定版《圣经》）的神秘书名，这本书使她的生活陷入了一种陌生的混乱。两天后的2月5日，我与来自世界各地的记者进行了长达9个小时的交谈，这证明了接下来会发生什么。

几乎立刻就有人提出质疑：无论是身体上还是精神上，内尔都病得如此严重，是否能够同意出版这本她忽视了几十年的书？在记者和门罗维尔流言的推波助澜下，在那种疯狂的氛围中，关于杜鲁门·卡波特是否真的写了《杀死一只知更鸟》的讨论又被重新热议了。在小镇居民对托尼娅·卡特的怨恨中，法律合伙人爱丽丝选择了在她生命的最后几年继续从事内尔的法律事务，这个谣言传到了全世界。我的儿子肖恩写信给我，表达了他对这一争议可能对内尔造成的影响的担忧："为了满足他们的好奇心，即使那样会杀死她，他们也会把她拉到聚光灯下。这让我想起了四年级时乌龟心脏跳动的演示。我们看到了心脏在跳动，但是乌龟却死了。"

内尔的朋友和家人已经注意到她在短期记忆方面的问题越来越严重，但他们并不怀疑她在知情同意方面的智力和能力。亚拉巴马州人力资源部处理虐待老人问题部门的官员也是如此，他们调查了有关内尔受到虐待的匿名指控。据报道，她不仅通过了他们安排的认知测试，还告诉他们去死吧，让她一个人待着。

更特别的是，内尔的外甥、李氏家族的非官方历史学家汉克·康纳证实了她对出版这本手稿的热情。他说，他半个世纪前就看过这本手稿，认为它不如《杀死一只知更鸟》。他说，在出版商发表声明的前几周，他对她进行了为期两天的访问，其间他多次问她是否确定自己想出版这本小说，每次她都回答说她确定。最终，最了解情况的那个人得到了满意的答案，一开始他还在怀疑这个答案。

在2月9日我们第一次到护理院拜访内尔的时候，我很想进行自己的记忆测试。当我们试图开车进入护理院旁边的停车场时，一辆来自州人力资源部的车挡住了我们的路，一名警卫在批准我们进入之前检查了我们的身份证件。在大楼里，包括内尔在内的 12 位房客蜷缩在公共区域，没有人像往常那样说笑。我们把内尔推到她的房间后，我开玩笑地叫她“伟大的内尔”，还提到了她的新小说。她问我们：“什么新小说？”

“别这么说，内尔，”我说，“我是说你刚刚被哈珀·柯林斯宣布出版的新小说。”

“我没有新小说。”她坚持说。当时我完全被吓住了，我怀疑精神障碍的传言是不是真的，我喃喃自语道：“《设立守望者》，内尔，你的新小说。”

“哦，”她笑着回答，“那不是我的新小说，那是我的旧小说。”

我如释重负：“好吧，不管你叫它什么，它刚刚登上了《纽约时报》畅销书排行榜的榜首。”

“你撒谎！”她喊道，这是我们开玩笑时她最喜欢的反驳方式之一。

“我是被任命的浸信会牧师。我没有撒谎，”我回答道。

她笑了：“好吧，那就更糟了。”

“你应该感到骄傲，内尔，”我说，“这是半个世纪以来美国文学史上最重要的事。”

一阵长时间的沉默。她的肩膀下垂，眼睛盯着她的脚，轻声呢喃道：“我不那么肯定了。”

7月14日的报道让她的精神为之一振，我们的报道也让她的精神为之一振。那一天，镇上挤满了来自世界各地的记者。15日清晨，我们去了梅多斯，告诉她第一天的销量就超过了70万本，创下了巴诺书店和百万书店的成年人小说的销量纪录。她兴高采烈地回答说：“我是一个非常富有的女人。”

达蒂纠正她说：“你很长时间以来一直是一个非常富有的女人，内尔！”

到第一周结束时，小说的总销量超过了110万本，创下了美国小说的销量新纪录。

一些评论家称内尔的新/旧小说是对20世纪50年代种族主义的尖锐而准确的描述。有些人认为这是一部有缺陷的作品，尽管如此，它还是展现了后来在《杀死一只知更鸟》中逐渐成熟的才华。另一些人则认为这部小说没有完成，充满说教，对话太多，文学创作和人物塑造太少。许多开明的北方读者对珍·路易斯·芬奇与她的种族主义的父亲和叔叔的和解感到震惊。许多保守的南方读者对内尔揭开了旧伤疤感到震惊，他们认为最好不要去管那些旧伤疤。

《设立守望者》引发的争议让我开始思考我们与李家三姐妹25年的友谊。我重读了内尔的经典小说和她的新小说，从中发现了我在《圣经》中第一次发现的东西：不同种族和不同世代之间最基本的无罪、审判、正义、怜悯、爱、宽容、宽恕和和解的含义。我还重读了内尔最喜欢的一部中篇小说，诺曼·麦克林的《大河之恋》，这是根据《圣经》中浪子回头的寓言改编的。正直的弟弟告诉他的牧师父亲，他的弟弟保罗被谋杀的零星细节。他的父亲回答说："你确定你已经把你所知道的关于他的死的一切都告诉我了吗？"

"一切。"诺曼答道。

"不多，不是吗？"他心烦意乱的父亲问道。

"不多，"诺曼回答说，"你可以不完全了解一个人，但你仍然可以全心全意去爱他。"

那句话本可以作为内尔的安魂曲，也是她给读者的最后礼物。他们必须在不完全了解她的情况下爱她，因为她不会为了满足我们的好奇心而被拉到聚光灯下。

2016年2月19日凌晨，《设立守望者》出版7个月后，也就是她90岁生日前的两个月，内尔·哈珀·李在梅多斯安然离世。第二天，我发表了为内尔写的悼词《阿提克斯对我们自己的看法》，这是我多年前为伯明翰誓言基金会的颁奖典礼写的。我对阿提克斯的诠释，以及她自己对种族宽容和理解的文学遗产，都让她非常满意，所以她坚持让我一句也不要改。尽管如此，我还是增加了一句话，根据她自己在《设立守望者》中对主人公缺陷的描述，这句话可以让她的主人公不再神秘。至于关于作者或她父亲的私生活的讨论，那得等到以后再说。内尔被安葬在门罗维尔联合卫理公会教堂旁边的小墓地里，旁边是她的父亲、母亲、哥哥和姐姐。她终于得到了休息和安宁。

附录

阿提克斯对我们自己的看法

致内尔·哈珀·李的悼词[①]

我们今晚聚在一起是为了纪念一个人，一位作家，纪念她的父亲、她的家人和她的小说。15分钟的时间有限，所以我将重点解读这本小说。它会帮助我们所有人记住，我们纪念的是一个人，也是一名作家，但两者是不同的。人有权利成为独立于作家之外的人。

每一本书，无论是虚构的还是非虚构的，都是作者的愿景和价值观的投射，因此在某种意义上，我们不能把它们分开。虚构的作品似乎不符合这种普遍性，但我不这么认为。作家、短篇小说家加里森·凯勒曾经说过："事故发生15分

① 伯明翰誓言基金会终身成就奖，授予哈珀·李（2006年9月13日）。2016年2月20日，在内尔·哈珀·李的葬礼上作为悼词。

钟后，没有两个人能对事故的细节达成一致。如果没有虚构的真相，就不会有任何真相。”

那么，世界各地的人们从《杀死一只知更鸟》这本书中得到了什么真相呢?

种族平等

汤姆·鲁滨逊是三个世纪以来种族隔离和对非洲人和非裔美国人不公的象征。不要指望我在几分钟内完成伦理学家、哲学家、社会学家、心理学家、神学家和历史学家在过去三个世纪中未能完成的任务：解开世界上种族主义的复杂症结。哈珀·李不能，阿提克斯·芬奇也不能，他在小说中问道：“为什么只要一涉及黑人，通情达理的人就会气得发疯，这是我不敢假装理解的。”但阿提克斯和我们许多人是有区别的。无法解释不能成为精神健忘症的借口。就在他对种族主义提出了令人困惑的质疑后，阿提克斯补充道：“我只是希望杰姆和斯考特能来找我，而不是听镇上的人怎么说。”李似乎在说，除了我们对社区根深蒂固的爱之外，我们还有义务遵循自己内心的道德准则。阿提克斯解释说，有一件事是不遵守多数决定原则的，那就是人的良心。这正是阿提克斯·芬奇在美国文学中如此重要的原因。如果说陪审员代表了我们谨慎、胆怯、恐惧的最坏一面，那么阿提克斯则代表了人性最好的一面。这也是这部小说经久不衰的原因之一。在一个反英雄政治和企业腐败的时代，名流和运动员公开做出各种越轨行为。麦当娜、帕丽斯·希尔顿、阿布拉莫夫、斯坎伦——美国人失去了他们现实生活中的英雄。所以在文学中，在阿提克斯·芬奇身上，他们找到了他们最喜欢的英雄，这个人是他们最想成为的人，他们想表现出他们最好的一面。莫迪小姐试图向杰姆解释这一切："我只是想告诉你，这个世界上有些人生来就是为我们做令人不愉快的工作的。你父亲就是其中之一。"

阶级

尽管这本书出版的那一年，也就是1960年，美国迎来了民权运动动荡的暴力新时代，这也让广大读者把这本书理解为一部关于种族的小说，但我认为它也同样是关于阶级的。李描述了两个贫穷的白人家庭，贫穷但骄傲的坎宁安一家和贫穷但不骄傲的尤厄尔一家。坎宁安一家是我们能够而且值得帮助的穷人。斯考特向她一年级的老师讲述了她的小伙伴沃尔特·坎宁安的故事，以此来解释这种差异："坎宁安一家从不从别人身上拿走任何东西，他们只拿自己拥有的东西。他们没有多少钱，但他们过得很好。"但并不是她家里的每个人都有斯考特的洞察力或同情心。她的姑妈亚历山德拉有不同的想法，再加上深深植根于美国传统的社会和阶级差别："问题是（斯考特）你可以把沃尔特·坎宁安洗得干干净净，你可以让他穿上鞋子和新衣服，但他永远不会像杰姆那样。此外，那个家族有酗酒的癖好。芬奇家的女人对那种人不感兴趣。"

然后是"白人中的废物"——尤厄尔家，他们是历史上不值得尊敬的穷人，连梅科姆的黑人也瞧不起他们。他们是传说中的“白人垃圾”，在厄斯金·考德威尔的小说中到处可见的传奇人物，他们不仅经济贫困，而且道德堕落。在该剧的第一幕中，莫迪小姐告诉观众：“梅科姆的每个人都知道尤厄尔一家是什么样的人。”这句台词总是让观众感到安慰，因为现在这意味着他们可以坐下来，放松，享受演出。这不是关于他们的事情，而是关于尤厄尔的，关于那些加入“三K党”和私刑暴民的不受欢迎的人。问题是，李不这样看待这件事。她眼中的主要反派是组成陪审团的那十二个好人，而不是鲍勃·尤厄尔。如果他们选择权衡证据而不是屈从于梅科姆的种族禁忌，他们本可以宣告汤姆·鲁滨逊无罪。虽然在罗伯特·E. 李·尤厄尔上台谢幕时，一些观众会发出嘘声，但这部小说要求我们寻找内心的恶棍。归根结底，杀害汤姆·鲁滨逊的都是梅科姆的好人，是他们在不公正面前保持了沉默。

差异

对于我们这个时代来说，这部小说最重要的主题之一就是对异己之人宽容。布·拉德力也许对某些人来说是次要的角色，但对同性恋者来说却不是，他们经常在这个角色中看到自己——被那些害怕任何异类的人锁在四堵墙内。但并不针对那些经常被人以A型人格进行精神分析的人：他们害怕人吗？他们害怕失败吗？他们很害羞吗？他们有智力缺陷吗？他们有黑暗的秘密吗？他们是穆斯林或犹太人吗？五旬节派？进化论者？在某些地方，甚至是基要主义浸信会教徒？阿提克斯提醒他的孩子们：“你永远不能真正了解一个人，除非你从他的角度去看问题……除非你披着他的皮囊行走世间。”

社区

小说一开始，杰姆和斯考特就争论起故事的开端。杰姆坚持说，是他们的新朋友迪尔走进他们的生活，激起了他们对布·拉德力的好奇心，故事就开始了。斯考特不同意这种说法，认为这个故事始于他们的祖先选择在亚拉巴马州的梅科姆县定居。梅科姆是一个特定的名字，但不是一个特定的地方。事实上，这本书的许多读者坚持认为，这是一个关于他们的城镇和生活在其中的人的故事。他们可以而且确实给角色安上了当地人的名字。我在谢菲尔德、加兹登、安尼斯顿和多森等地生活过，我可以告诉你，这本小说可能以任何地方为背景。在梅科姆，每天都是二十四小时，但似乎长得多。但那些日子里，每一天都充满了非凡的人和非凡的事件，当我们长大后，我们所有的斯考特都变成了琼·路易斯。重要的是，梅科姆发生的事情，也可能发生在佩恩堡、艾伯维尔、德莫波利斯、布雷顿、费尔霍普以及它们之间的所有地方。梅科姆发生的事确实到处都有。发生在布拉格的犹太人、柏林的同性恋者、罗马尼亚的吉卜赛人、俄罗斯的五旬节教徒、塞尔维亚的穆斯林身上，发生在 20 世纪 30 年代加利福尼亚因皮里尔河谷的奥基人和阿基人身上，发生在 20 世纪 40 年代底特律的阿巴拉契亚白人身上，以及 20 世纪 60 年代从伯明翰搬到纽约和洛杉矶的人身上。发生在到处都有的这样的人身上：他们说着有趣的话，看起来很奇怪，有着不同的肤色，以不同的方式崇拜上帝，或者一点也不崇拜上帝。它发生在不同的、奇怪的、其他的人身上。这就是这部小说在出版半个世纪左右后仍以每年近100万册的销量销售的原因：因为它仍然符合人类的经历。这就是为什么爱尔兰、英国、加拿大、澳大利亚、新西兰、奥地利、荷兰、捷克和德国的许多学校都要求学生阅读它，为什么它被翻译成40多种语言：因为这个故事是一个关于人类经历的故事，而不仅仅是发生在亚拉巴马州梅科姆的故事。

《杀死一只知更鸟》在美国的道德价值观教育中经受了半个世纪的激烈辩论。公立学校是否应该教授价值观？如果是，应该教什么价值观？谁的价值观？实际上，成千上万的美国教师早就解决了这场争论。他们决定教哈珀·李的价值观，或者是阿提克斯·芬奇的价值观。不管怎样，他们教会了我们《杀死一只知更鸟》所蕴含的道德价值观。在我看来，他们最能教导我们的价值观，是犹太–基督教的核心价值观，是美国的民主价值观：宽容、善良、文明、慈善、正义。当人们犯错时，应有敢于面对社区或家庭的勇气，以及尽管人们有缺点，仍然要同情地去爱他们。顺便说一句，我不会告诉你任何你还不知道的事情。我怎么知道的？因为1989年有一项对英语教师的调查，以确定他们最常给学生布置的小说是什么。在天主教学校，《杀死一只知更鸟》排在第四名；在公立学校中，这本小说排名第五；在私立学校中，排名第七。据估计，四分之三的美国高中生读过这本小说。李的排名仅次于威廉·莎士比亚、纳撒尼尔·霍桑和马克·吐温。1991

年，国会图书馆对 5 000 名读者进行了调查，询问他们哪本书对他们的生活影响最大。他们列出了仅次于《圣经》的《杀死一只知更鸟》。1991 年，美国图书管理员们把这本书评为 20 世纪最佳小说。美国电影协会将这部小说的电影版评为史上第 34 部最佳电影；2003 年，他们将阿提克斯·芬奇选为美国电影中最伟大的英雄，比詹姆斯·邦德还伟大，比印第安纳·琼斯还伟大，比摩西还伟大，甚至比超人还伟大。1999 年，它在《电视指南》评选的 50 部最佳影片中排名第五。国会图书馆还声称，这部小说是社区文学项目中最受欢迎的选择，这些项目要求居民在一年内共同阅读一本小说，并以此作为讨论社区价值观的基础。

这部小说的作者是一个来自门罗维尔的女人，她生活在美国臭名昭著的黑带边缘——亚拉巴马州。这部小说已成为全世界主要的文学工具，教导种族公正和对不同于我们的人的宽容的价值观，以及在面对社区偏见和排斥时，具备道德勇气的必要性。你不喜欢吗？

韦恩·弗林特，著名的大学教授

奥本大学

致　谢

这是亚拉巴马州两个大家族的故事，名字太多，无法一一列举。在美国的这个地区，家庭很重要。我们经常为了保护彼此的秘密而牺牲自己想说的故事。很少有家庭比亚拉巴马州门罗维尔的李家拥有更多的秘密。因此，我最应该感谢的是李家三个不可思议的姐妹：爱丽丝·贝尔·李、路易丝·维齐·李·康纳，还有内尔·哈珀·李。后来，她们成为了“多蒂”的亲密家人，因为相信我，所以和我讲她们的故事，而且我答应在内尔有生之年不写关于她的文章。

路易丝的两个儿子——埃德温·康纳，肯塔基州立大学的退休英语教授；赫尔希尔·汉克·康纳，佛罗里达大学的退休通信教授——贡献了一些故事、家庭见解和敏锐的文学判断。萨拉·安·柯里是埃德温·李的遗孀。埃德温·李是李氏姐妹唯一的男性兄弟，但很年轻就去世了。萨拉·安·柯里从一个姻亲的独特视角，向我介绍了这个家庭。

达蒂是我的爱妻，和我一起生活了55年。她安静、体贴，作为一名高中英语教师，她对语言、口音、内容和习语都很注意。因此，在三十多年来与三姐妹进行的数百次对话中，她是一个很好的消息来源。她是我最严厉的文学评论家，总能够直言不讳。我想内尔一开始对她比对我更感兴趣。

爱丽丝和内尔认识了我们的两个儿子——大卫和肖恩，他们也很喜欢她们。孩子们是作家，他们对我的手稿进行了评论，提出了许多值得批评和修改的地方。我们的两个儿子娶了来自亚拉巴马州的姐妹香农·罗杰斯和凯利·罗杰斯。凯利在威克森林大学获得了公共历史硕士学位，她在论文中对内战时期曾祖父写给妻子的信进行了细致的注释性抄写，这是对破译爱丽丝笔迹这一繁琐工作的完美补偿。香农也编辑过。

在门罗维尔围绕内尔和爱丽丝的健康、新发现的《设立守望者》手稿的出处以及爱丽丝亲自挑选的法律伙伴和继任者托尼娅·卡特的角色等诸多争议中，我试图保持客观和独立。虽然在2015年2月争议开始的时候，我几乎不认识托尼娅，但从那一天起，她就是内尔最凶猛的守护者，家里最勤勉的代表，国际媒体最喜欢的反面人物。然而，是托尼娅允许我复制这些信件，让内尔在死后为自己说话。对此，我非常感激。

最后，感谢安德鲁·纳伯格，内尔的经纪人和我的经纪人，出色地引导我穿越了商业出版的雷区。他和哈珀·柯林斯公司的高级副总裁乔纳森·伯纳姆从一开始就对这个项目充满热情。我的业务熟练的编辑萨拉·纳尔逊，虽然和我一样，对公司来说是新手，但显然对这个行业并不陌生。她来这个公司的时候，已经临近出版的最后期限，面对一个和内尔一样痛恨科技的倒霉的路德派作家，萨拉指导我准时完成任务。出版一本书劳师动众，需要个人和出版公司的共同努力。这本书的成功出版就是个例子。

图书在版编目（CIP）数据

知更鸟之歌：我与哈珀·李的友谊 /（美）韦恩·弗林特著；吕阳译. -- 北京：中国人民大学出版社，2020.4

书名原文：Mockingbird Songs：My Friendship with Harper Lee

ISBN 978-7-300-27970-1

Ⅰ. ①知… Ⅱ. ①韦… ②吕… Ⅲ. ①书信集—美国—现代 Ⅳ. ① I712.65

中国版本图书馆 CIP 数据核字（2020）第 034650 号

人文书托邦

知更鸟之歌

我与哈珀·李的友谊

[美] 韦恩·弗林特（Wayne Flynt） 著

吕阳 译

Zhigengniao zhi Ge

出版发行	中国人民大学出版社		
社　　址	北京中关村大街 31 号	邮政编码	100080
电　　话	010-62511242（总编室）		010-62511770（质管部）
	010-82501766（邮购部）		010-62514148（门市部）
	010-62515195（发行公司）		010-62515275（盗版举报）
网　　址	http://www.crup.com.cn		
经　　销	新华书店		
印　　刷	涿州市星河印刷有限公司		
规　　格	145 mm×210 mm　32 开本	版　　次	2020 年 4 月第 1 版
印　　张	6.25 插页 3	印　　次	2020 年 4 月第 1 次印刷
字　　数	124 000	定　　价	45.00 元